L'agenda du Jardinier bio 2024

Et son calendrier lunaire

Du potager à l'assiette

Textes de MARIE CHIOCA
et ANTOINE BOSSE-PLATIÈRE pour le calendrier lunaire
et les conseils de quinzaine
Illustrations ANNE JAMATI

terre vivante

Livre écoconçu

Terre vivante a réalisé en 2010 la première analyse du cycle de vie (ACV) d'un livre en France. Cette étude nous a permis d'identifier les impacts de la fabrication d'un livre sur l'environnement, dans l'objectif de les limiter. Pour en savoir plus : *Fabriquer des livres, quels impacts sur l'environnement ?* sur www.terrevivante.org

Le papier choisi pour cet ouvrage est issu de pâte vierge produite écologiquement en Europe à partir de forêts gérées durablement.

Ce livre est de plus imprimé en France, par un imprimeur soucieux de préserver l'environnement à travers des actions d'économie d'énergie, de valorisation des déchets, d'utilisation de produits moins nocifs pour la santé des travailleurs...

Depuis 1979, la Scop Terre vivante vous fait partager ses expériences en matière d'écologie pratique : jardinage bio, habitat écologique, alimentation saine et bien-être, consommation responsable... à travers :
- l'édition de livres pratiques,
- le magazine *4 Saisons*,
- des jardins écologiques proposant des stages pratiques,
- un portail Internet : www.terrevivante.org

Terre vivante, 169 chemin de Raud, domaine de Raud, 38710 Mens
Tél. 04 76 34 80 80
email : info@terrevivante.fr
www.terrevivante.org

Les données astronomiques figurant dans cet agenda nous sont aimablement fournies par le très officiel institut de mécanique céleste et de calcul des éphémérides (www.imcce.fr)

Direction éditoriale : Brigitte Michaud
Coordination éditoriale : Julie Dubout
Conception et réalisation graphique : David Cosson (dazibaocom.com)
Photogravure : C'limage

ISBN : 978-2-36098-819-8

SOMMAIRE

CARTE CLIMATIQUE

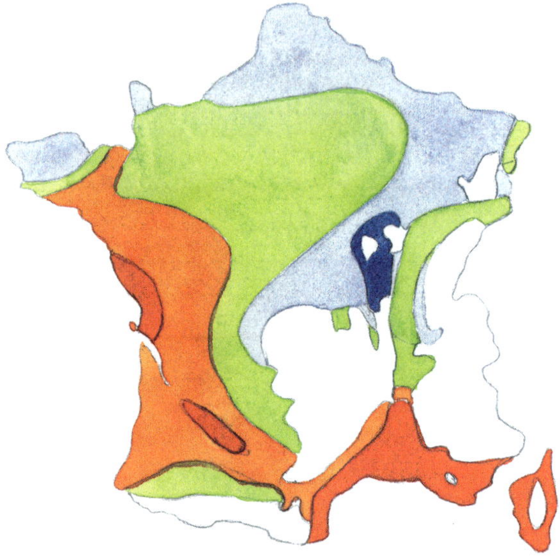

- Zone de référence
- Retard de 0 à 10 jours
- Retard de 10 à 20 jours
- Avance de 0 à 10 jours
- Avance de 10 à 20 jours
- Zone montagneuse : en montagne, l'altitude et l'exposition ont des influences qui varient beaucoup sur de courtes distances. Prendre pour base les régions de plaine voisines et apporter une correction d'environ 4 jours de retard pour 100 m.

D'après l'*Atlas agroclimatique saisonnier de la France*, ministère des Transports, 1980.

Cette carte indique l'avance ou le retard de la végétation dans les différentes régions de France par rapport à la zone de référence verte. Dans l'*Agenda*, les travaux de quinzaine sont indiqués pour la zone de référence. Pour les travaux de printemps, tenir compte des décalages indiqués ci-dessus ainsi que du calendrier phénologique.

Lune rousse et saints de glace

La lune rousse est la lunaison qui suit celle de Pâques. En cette période, les sols ne sont pas encore bien réchauffés et la présence de la lune dans un ciel nocturne bien dégagé signale un risque de gelée « blanche » qui peut faire « roussir » les jeunes pousses.
Les saints de glace (Mamert, Pancrace et Servais) correspondent à des dates fixes (11, 12 et 13 mai) qui marquent traditionnellement les derniers risques de gelée de l'année. Ils sont rappelés dans l'Agenda.

Calendrier phénologique

Pour mieux adapter les travaux du potager à l'avancement réel du printemps, on prendra comme point de repère la floraison de certaines espèces courantes (cela s'appelle la phénologie). Les dates du calendrier phénologique sont données au printemps pour la zone de référence. Dans toutes les régions, on s'efforcera de réaliser les travaux conseillés au moment où fleurissent les plantes citées dans le calendrier phénologique.

CALENDRIER 2024

JANVIER	FÉVRIER	MARS	AVRIL	MAI	JUIN
1 L	1 J	1 V	1 L	1 M ◖	1 S
2 M	2 V	2 S	2 M ◖	2 J	2 D
3 M	3 S ◖	3 D ◖	3 M	3 V	3 L
4 J ◖	4 D	4 L	4 J	4 S	4 M
5 V	5 L	5 M	5 V	5 D	5 M
6 S	6 M	6 M	6 S	6 L	6 J ●
7 D	7 M	7 J	7 D	7 M	7 V
8 L	8 J	8 V	8 L ●	8 M ●	8 S
9 M	9 V ●	9 S	9 M	9 J	9 D
10 M	10 S	10 D ●	10 M	10 V	10 L
11 J ●	11 D	11 L	11 J	11 S	11 M
12 V	12 L	12 M	12 V	12 D	12 M
13 S	13 M	13 M	13 S	13 L	13 J
14 D	14 M	14 J	14 D	14 M	14 V ◗
15 L	15 J	15 V	15 L ◗	15 M ◗	15 S
16 M	16 V ◗	16 S	16 M	16 J	16 D
17 M	17 S	17 D ◗	17 M	17 V	17 L
18 J ◗	18 D	18 L	18 J	18 S	18 M
19 V	19 L	19 M	19 V	19 D	19 M
20 S	20 M	20 M	20 S	20 L	20 J
21 D	21 M	21 J	21 D	21 M	21 V
22 L	22 J	22 V	22 L	22 M	22 S ○
23 M	23 V	23 S	23 M	23 J ○	23 D
24 M	24 S ○	24 D	24 M ○	24 V	24 L
25 J ○	25 D	25 L ○	25 J	25 S	25 M
26 V	26 L	26 M	26 V	26 D	26 M
27 S	27 M	27 M	27 S	27 L	27 J
28 D	28 M	28 J	28 D	28 M	28 V ◖
29 L	29 J	29 V	29 L	29 M	29 S
30 M		30 S	30 M	30 J ◖	30 D
31 M		31 D		31 V	

Périodes de lune descendante.

Périodes de lune montante.

● Nouvelle lune

◗ Lune croissante : premier quartier

◖ Lune décroissante : dernier quartier

○ Pleine lune

Jours fériés

Saints de glace

JUILLET	AOÛT	SEPTEMBRE	OCTOBRE	NOVEMBRE	DÉCEMBRE
1 L	1 J	1 D	1 M	1 V ●	1 D ●
2 M	2 V	2 L	2 M ●	2 S	2 L
3 M	3 S	3 M ●	3 J	3 D	3 M
4 J	4 D ●	4 M	4 V	4 L	4 M
5 V	5 L	5 J	5 S	5 M	5 J
6 S ●	6 M	6 V	6 D	6 M	6 V
7 D	7 M	7 S	7 L	7 J	7 S
8 L	8 J	8 D	8 M	8 V	8 D ◗
9 M	9 V	9 L	9 M	9 S ◗	9 L
10 M	10 S	10 M	10 J ◗	10 D	10 M
11 J	11 D	11 M ◗	11 V	11 L	11 M
12 V	12 L ◗	12 J	12 S	12 M	12 J
13 S	13 M	13 V	13 D	13 M	13 V
14 D ◗	14 M	14 S	14 L	14 J	14 S
15 L	15 J	15 D	15 M	15 V ○	15 D ○
16 M	16 V	16 L	16 M	16 S	16 L
17 M	17 S	17 M	17 J ○	17 D	17 M
18 J	18 D	18 M ○	18 V	18 L	18 M
19 V	19 L ○	19 J	19 S	19 M	19 J
20 S	20 M	20 V	20 D	20 M	20 V
21 D ○	21 M	21 S	21 L	21 J	21 S
22 L	22 J	22 D	22 M	22 V	22 D ◖
23 M	23 V	23 L	23 M	23 S ◖	23 L
24 M	24 S	24 M ◖	24 J ◖	24 D	24 M
25 J	25 D	25 M	25 V	25 L	25 M
26 V	26 L ◖	26 J	26 S	26 M	26 J
27 S	27 M	27 V	27 D	27 M	27 V
28 D ◖	28 M	28 S	28 L	28 J	28 S
29 L	29 J	29 D	29 M	29 V	29 D
30 M	30 V	30 L	30 M	30 S	30 L ●
31 M	31 S		31 J		31 M

VACANCES SCOLAIRES

Zone A
(Besançon, Bordeaux, Clermont-Ferrand, Dijon, Grenoble, Limoges, Lyon et Poitiers)

Zone B
(Aix-Marseille, Amiens, Caen, Lille, Nancy-Metz, Nantes, Nice, Orléans-Tours, Reims, Rennes, Rouen et Strasbourg)

Zone C
(Créteil, Montpellier, Paris, Toulouse et Versailles)

MODE D'EMPLOI DU CALENDRIER LUNAIRE

Énormes succès d'édition, les calendriers lunaires aident beaucoup de jardiniers à organiser leur travail au jardin, mais ils restent très controversés. Qu'en est-il de l'influence réelle de la lune sur les plantes et quels sont les rythmes à prendre en compte ?
Lorsqu'elle s'applique aux végétaux, la chronobiologie – qui étudie toutes les manifestations rythmiques des processus vitaux – nous rappelle d'abord une évidence, l'importance cruciale des deux principaux rythmes solaires : le rythme annuel des saisons et celui quotidien de l'alternance jour-nuit. Pour ce qui est des cycles lunaires et de leur influence supposée sur les plantes, on trouve une abondante littérature issue du courant biodynamique avec de très nombreux essais expérimentaux, mais qui ne répondent pas aux standards scientifiques.

Influence réelle mais très subtile

Il existe cependant des études scientifiques récentes (notamment celles citées par Ernst Zürcher dans son livre *Les arbres entre visible et invisible*) qui confirment notamment l'importance du cycle synodique (lune croissante-décroissante) sur la croissance des végétaux ainsi que sur les dates d'abattage et les propriétés du bois. Les autres cycles lunaires semblent avoir eux aussi une influence qui confirme certaines pratiques traditionnelles et biodynamiques, mais ces influences sont très difficiles à mettre en évidence, subtiles et complexes. Gardons-nous donc d'accorder une trop grande importance aux influences lunaires, qui, avec leurs cinq rythmes différents, tendent à transformer le calendrier lunaire en un carcan d'injonctions et de contraintes qui peuvent faire oublier les règles de bon sens et d'agronomie bien comprises.

Pour tenter d'approfondir le sujet, nous nous sommes fortement appuyés sur l'expérience de Pierre Masson, conseiller en biodynamie, qui a beaucoup étudié ces questions avec une approche non dogmatique basée sur de très nombreux essais et observations. Nous vous proposons donc un calendrier remanié et moins contraignant qui donne priorité aux deux premiers rythmes lunaires, sans pour autant oublier les trois autres :

Lune croissante et décroissante

La lune croissante est favorable aux semis, mais évitez les jours de pleine lune et de nouvelle lune. En hiver, la lune croissante serait favorable à l'abattage du bois de feu. Les jours de lune décroissante, proches de la nouvelle lune, seraient quant à eux favorables à la plantation des pommes de terre, à la tonte de la pelouse (qui repousserait moins vite), ainsi qu'à l'abattage du bois d'œuvre (en hiver).

Lune croissante

Lune décroissante

Lune montante et descendante

La première semble favorable aux semis et stimulerait les parties aériennes (récolte des légumes-feuilles et des fruits, de préférence le matin), tandis que la lune descendante serait favorable aux plantations, au travail du sol, aux boutures, à la taille, à la récolte des légumes-racines. Notons que la lune croissante et la lune montante sont souvent décalées et que cela permet d'avoir de longues périodes favorables aux semis chaque mois.

Lune montante

Lune descendante

Passage de la lune devant les constellations

L'importance de ce rythme mis en avant par Maria Thun est contestée, y compris par nombre de biodynamistes comme Pierre Masson qui ne parviennent pas à reproduire ses résultats. Des essais menés par Ernst Zürcher, chercheur à la Haute École du bois de Berne, sur les dates d'abattage du bois et ses propriétés, montrent pourtant quelques différences statistiquement significatives. Cette influence semble être extrêmement subtile et difficile à étudier. Nous avons conservé les indications de jours « feuilles », « fruits », « racines » et « fleurs », mais sommes réservés sur l'influence supposée de telle constellation sur telle partie de la plante.

Nœuds lunaires

Deux fois par mois, la trajectoire de la lune traverse le plan de l'écliptique et il semble que ce moment ait un effet perturbateur sur toutes les activités agricoles. Il durerait à peu près 12 heures (6 heures avant l'heure indiquée et 6 heures après). Dans *L'Agenda*, les nœuds sont indiqués en abrégé : NA : nœud ascendant, ND : nœud descendant.

Apogée et périgée

L'orbite de la lune étant elliptique, elle passe par son apogée (où la distance avec la terre est maximale), ce qui renforcerait l'influence des forces solaires et serait défavorable aux semis ; puis la lune passe par son périgée (distance minimale avec la terre) d'où une influence plus marquée des forces d'eau et de croissance, favorables aux semis, mais aussi aux maladies.

Expérimenter

Les deux premiers rythmes sont les plus importants. Pour les autres, expérimentez. Mais gardez en mémoire que l'influence – supposée – de la lune est bien moindre que celle du soleil et que les conditions agroclimatiques doivent toujours primer sur les indications du calendrier lunaire.

LA LUNE ET LES CONSTELLATIONS

TERRE Taureau - Vierge - Capricorne

Plantes-racines
Ail, betterave, carotte, céleri-rave, chou, crosne, échalote, endive (semis), navet, oignon, panais, pomme de terre, radis, salsifis, scorsonère, topinambour, engrais verts.

Les jours « racines » seraient favorables à tous les travaux concernant ces plantes et notamment les récoltes pour assurer une bonne conservation.

AIR Gémeaux - Balance - Verseau

Plantes-fleurs
Plantes mellifères, aromatiques dont on récolte les fleurs, fleurs ornementales, chou-fleur et chou brocoli.

Les jours « fleurs » seraient notamment favorables à la récolte des fleurs coupées et des fleurs séchées.

EAU Poisson - Cancer - Scorpion

Plantes-feuilles
Aromatiques, arroche, artichaut, asperge, bette, cardon, céleri-branche, chicorée, chou, cresson, endive (forçage), épinard, fenouil, laitue, mâche, poireau, rhubarbe, tétragone.

Les jours « feuilles » seraient favorables à tous les travaux concernant les légumes-feuilles, à l'exception des légumes à stocker. Pour ce faire, préférez les jours « fleurs » ou « fruits ».

FEU Bélier - Lion - Sagittaire

Plantes-fruits
Aubergine, concombre, courge, fève, fraisier, haricot, maïs, melon, piment, pois, potiron, tomate, céréales.

Les jours « fruits » seraient favorables à tous les travaux concernant ces plantes et notamment à la récolte des semences.

PLAN DU POTAGER

RÉCOLTES DE L'ANNÉE AU POTAGER ET RECETTES RÉALISÉES

Profitez des pointillés de ces pages pour tracer des tableaux ou des lignes à votre guise à la manière d'un bullet journal.

INTRODUCTION

RECETTE POUR UN BEAU JARDIN

Cela fait bien longtemps que *L'Agenda du jardinier bio* m'accompagne dans mes aventures au potager. En feuilletant ses jolies illustrations et découvrant, année après année, ses textes aussi bucoliques qu'inspirants, jamais je n'aurais pensé être un jour pressentie pour en rédiger la mouture 2024 ! Que de temps parcouru – en effet ! – entre mon premier coup de pioche d'il y a 20 ans dans un sol envahi de chiendent et le petit paradis foisonnant, fertile, nourricier et plein de vie qu'est devenu mon jardin entre temps... cela ne s'est pas fait sans mal, ni sans « bêtises » (on en fait tous !), ni sans déceptions parfois. Car aucun jardinier n'a la main verte plus qu'un autre. Seule la persévérance fait de nous de « bons jardiniers ». Ne pas se laisser décourager – jamais ! – par les échecs (ou encore mieux, essayer d'en rire), voilà ce qui nous poussera vers la réussite d'un jardin dépassant de loin tous nos rêves les plus fous...
Je vous laisse donc découvrir cet agenda 2024, en vous souhaitant une très belle année au jardin ! Je vous « autorise » même à faire comme moi les années passées : cet agenda, manquez-lui de respect ! Cornez-lui les pages, posez-le ouvert sur l'herbe humide, gribouillez-le de mille notes manuscrites, oubliez-le sous une petite pluie printanière, maculez-le de terre, dessinez même la tête à Toto en page de garde pour ne pas vous ennuyer au téléphone : il sera alors le plus heureux des agendas de jardiniers...
Et comme je suis aussi autrice de nombreux livres de cuisine, je ne peux que vous offrir une petite recette « secrète » de derrière les fagots. Vous verrez, elle est inratable...

Pour un beau jardin il vous faudra :
• 1 kilo d'opiniâtreté • Une bonne pincée d'intuition • 3 cl d'huile de coude pressée à froid • Un chouïa de témérité • 3 g d'autodérision • Un soupçon de poésie • Le zeste d'une âme d'artiste • Une tasse de sagesse • 2 petits verres de folie • Une louche de gourmandise • Une cuillerée de fierté, et une d'humilité (les deux bien mélangées) • Une pointe de couteau d'expérience • Un bon verre à liqueur de satisfaction

- Mélangez bien, arrosez avec le verre à liqueur de satisfaction et enflammez aussitôt. Contemplez les grandes flammes et petites étincelles de joie qui s'échappent de la poêle...
- Goûtez, afin de rectifier éventuellement l'assaisonnement en soupçon de poésie et zeste d'âme d'artiste (sinon, le résultat serait un peu fade).
- Laissez mijoter un an, deux ans, dix ans même s'il le faut, sans oublier de goûter souvent afin d'apprécier l'évolution des arômes prometteurs de ce délicieux frichti.
- Enfin, régalez-vous... (Un plat à savourer à la grelinette, comme il se doit !)

Un petit monde comme pétrifié de froid

Dans notre joli coin de Dauphiné blotti au pied des Alpes, janvier est certes le mois le plus froid, mais pas forcément le moins beau...

Les ramures de fruitiers dépouillées de leurs feuillages libèrent l'horizon, se détachant en silhouettes blanches et graciles devant les sommets bleutés.

Au potager, on assiste à l'extraordinaire spectacle des choux, lesquels développent sous la morsure du froid toute une palette de couleurs rares et lumineuses scintillant sous le givre.

Les kales 'Scarlett' et les choux de Bruxelles 'Rubine' ont troqué leur robe d'automne marron-violine pour une tenue magenta si pure que beaucoup de fleurs les envieraient, si seulement elles ne dormaient pas profondément sous la neige...

Les grandes oreilles du 'Noir Toscan', hésitant entre le vert émeraude et le bleu canard, dansent doucement dans le vent frais. Les têtes rondes des 'Pontoise' et les hautes silhouettes des kalettes ont adopté pour leur part un camaïeu de mauves tout à fait sublime, auquel répond avec panache le bleuté turquoise des autres choux d'hiver. Mais quelques légumes (bien décidés à ne pas laisser à la famille Brassica le monopole du charme !) rivalisent de beauté : poireaux imperturbablement dressés vers le ciel, grands feuillages de cardons en dentelle argentée ou bouclettes vert anis des chicorées composent, sur la toile blanche du manteau de neige, une scène de toute beauté qui me réjouit le cœur à chaque cueillette...

Car oui, cueillettes il y a, même en janvier, même dans le Dauphiné !

Emmitouflée jusqu'au bout du nez, je continue de ramasser chaque jour de quoi composer des menus bourrés de vitamines : outre les jolis légumes évoqués plus haut, je cueille du mesclun (souvent composé de petites pousses asiatiques, si résistantes au froid), de la claytone, de la mâche, des épinards, des laitues d'hiver, du céleri branche (visuellement un peu « flagada », mais une fois cuit dans le bouillon...) et même encore quelques légumes-racines très parfumés (céleris-raves, carottes, panais, scorsonères, topinambours...), du moins, quand le sol gelé daigne lâcher sa proie !

Janvier

Travaux du jardin

1re quinzaine

Au potager

- Faites le plan de votre futur jardin et passez vos commandes de graines.
- Posez les nichoirs à oiseaux.
- Taillez et bouturez groseilliers et cassissiers.

Au verger

- Badigeonnez le tronc des fruitiers.
- Faites vos plantations d'arbres et arbustes.
- Prélevez les greffons sur les fruitiers.

Au jardin d'ornement

- Nettoyez vos outils.
- Taillez les branches mortes sur les arbres et arbustes.

Apogée 16h28

lundi **1**

Jour de l'an

11h54

mardi **2**

mercredi **3**

ND 19h52

jeudi **4**

vendredi **5**

06h25

samedi **6**

Épiphanie

dimanche **7**

22h19

Flower Sprouts' braisés à la viande et aux oignons POUR 4

- Dans 3 c. à soupe d'huile d'olive, faites revenir 3 gros oignons rouges émincés.
- Quand ils sont bien dorés, ajoutez 500 g de chair à saucisse (ou de saucisse de couenne, ou de viande hachée au choix) et 700 à 800 g de choux 'Flower Sprout' à la saveur délicate, presque « noisettée ».
- Salez, poivrez (moulin 5 baies), ajoutez une grosse pincée d'origan ou de sarriette et laissez mijoter environ 20 min, jusqu'à ce que les petits choux soient bien fondants.
- Servez idéalement avec du riz.

lundi
8

21h03

mardi
9

mercredi
10

jeudi
11

02h22

vendredi
12

Périgée 11h35

samedi
13

22h36

dimanche
14

Janvier

Travaux du jardin

2e quinzaine

Au potager
- Taillez les framboisiers.
- Fabriquez et posez des gîtes à insectes.

Au verger
- Taillez les fruitiers.
- Apportez du compost au pied des arbres fruitiers, puis griffez légèrement.

Au jardin d'ornement
- Récoltez les brins de saule pour vos futurs plessis.
- Apportez du compost au pied des rosiers et sous les haies.

Janvier Semaine **3**

lundi
15

00h04

mardi
16

NA 15h03

mercredi
17

08h03

jeudi
18

vendredi
19

07h13

samedi
20

dimanche
21

GÂTEAU INVISIBLE AUX POMMES POUR 6

- Préchauffez le four à 180 °C.
- Épluchez environ 800 g de pommes, détaillez-les en tranches.
- Dans un petit saladier, mélangez 80 g de farine, 65 g de sucre brun et une pincée de sel. Faites fondre 20 g de beurre, puis versez-le dans le saladier avec 10 cl de lait d'avoine, 2 œufs et une grosse pincée de cannelle (on peut aussi mettre de la vanille ou ajouter 1 c. à soupe de rhum, au choix).
- Dans un grand saladier, mêlez intimement les pommes et la préparation (on ne voit que très peu la pâte, c'est normal).
- Découpez un cercle de papier sulfurisé et placez-le dans un moule à manqué beurré de 20 cm de diamètre environ. Versez la préparation dans le moule et enfournez pour 50 min, en baissant un peu la température du four en fin de cuisson si besoin. Laissez entièrement refroidir avant de démouler.

Janvier Semaine 4

16h17

03h29

18h09

lundi **22**

mardi **23**

mercredi **24**

jeudi **25**

vendredi **26**

samedi **27**

dimanche **28**

L'hiver touche à sa fin

Ah, ce fameux mois de février… vous avouerais-je que j'y ressens toujours un peu de lassitude ?

Au potager, les jolis légumes qui égayaient encore le jardin en janvier ont un peu perdu de leur « prestance » sous l'assaut de nos récoltes successives : à moitié plumées et avachies sur le sol, nos belles plantes n'auraient plus aucune chance au concours de Miss Potager !

Le jardin est d'ailleurs presque entièrement brun, fané, jusqu'au vert de la pelouse qui s'est éteint. Contemplé à travers les vitres embuées, l'hiver semble ne plus finir.

Mon corps s'engourdit un peu dans cette inactivité relative et je piaffe d'impatience à l'idée de retourner bientôt greliner, semer… impatience que je tente (en vain !) de tromper quelque peu en dessinant le plan de mon potager pour la saison nouvelle. Et je compte les jours…

Jusqu'à cet instant béni de fin février où, par une belle journée encore froide mais baignée de soleil, je peux enfin me ruer dehors pour semer ail, oignons, fèves, pois gourmands, poireaux, et même planter quelques salades sous abri ! Oh, cela n'est pas forcément très utile, car ces semis seront vite rattrapés par ceux de mars. Mais que cela fait donc plaisir de ressortir ses outils de jardinier, planter ses mains dans la terre souple, brouetter un peu de compost sur les planches nettoyées, confier quelques graines à la terre sous l'œil curieux du rouge-gorge, de la mésange et du merle (quoique pour ce dernier, l'œil soit plus gourmand que curieux !).

Les récoltes se poursuivent avec à peu de chose près le même panel de légumes qu'en janvier. Pleine de gratitude envers ces modestes mais vaillants légumes du froid, je ne laisse rien perdre et consomme jusqu'à leurs (délicieuses) fanes.

Et lorsque je rentre le soir, frigorifiée mais le cœur en fête après avoir admiré un de ces sublimes crépuscules mauves dont février a le secret, je savoure la lueur chaude et dansante du feu de bois en me disant que décidément, l'hiver a du bon.

Et parmi ses indéniables charmes, le plaisir de concocter chaque soir la petite soupe aux légumes du jardin qui parfumera toute la maison est des plus réconfortant pour le jardinier…

Février

TRAVAUX DU JARDIN

1re QUINZAINE

Au potager

- Plantez l'ail.
- Semez sous abri : carottes, choux de printemps et laitues.
- Épandez le compost sous les petits fruits.
- Semez fèves et pois en pleine terre.

Au verger

- Éliminez le gui.
- Terminez de tailler les fruitiers.

Au jardin d'ornement

- Binez les massifs.
- Commencez les apports de compost.
- Plantez arbres et arbustes.

19h23

Apogée 09h14

lundi **29**

mardi **30**

ND 21h17

mercredi **31**

jeudi **1**

14h55

vendredi **2**

samedi **3**

07h46

dimanche **4**

« Shrek le cake » POUR 6

- Mettez à chauffer au moins 2 l d'eau dans l'élément du bas d'un cuit-vapeur.
- Rincez 400 g d'épinards et égouttez-les très soigneusement à l'essoreuse à salade.
- Dans le bol d'un robot, hachez 200 g de blancs de poireaux, les épinards, un oignon d'environ 50 g, une gousse d'ail, ½ bouquet de persil avec 6 cl d'huile d'olive, 4 œufs et 100 g de parmesan râpé.
- Dans un petit bol à part, mélangez 175 à 250 g de farine (selon la consistance souhaitée : fondante comme une terrine de légumes ou plus aérée), un sachet de poudre à lever, du poivre, de la muscade (généreusement) et 1 c. à café de sel. Versez dans le bol du robot avec le hachis de légumes et mixez en donnant juste quelques impulsions (pour mélanger).
- Transférez la pâte dans un moule à savarin huilé de 22 cm de diamètre environ. Déposez-le dans le panier du cuit-vapeur et comptez 50 min de cuisson. Laissez un peu refroidir avant de démouler.
- À servir tout chaud, ou froid avec une vinaigrette maison (ça fonctionne aussi très bien avec une sauce tomate !).

février Semaine **6**

lundi
5

07h33

mardi
6

mercredi
7

13h19

jeudi
8

vendredi
9

09h01

Périgée 19h52

samedi
10

dimanche
11

février

TRAVAUX DU JARDIN

2E QUINZAINE

Au potager

- Plantez ail, échalotes et oignons.
- Semez en pleine terre : fèves, pois, oignons, épinards.
- Piégez les campagnols.
- Détruisez et enfouissez les engrais verts gelés.

Au verger

- Traitez les pêchers à la bouillie bordelaise (12 g/l). Renouvelez le traitement 15 jours plus tard.
- Supprimez les momies de fruits qui restent sur les rameaux.

Au jardin d'ornement

- Éliminez les parties sèches ou mortes des plantes vivaces.
- Raccourcissez les pousses de l'an passé pour densifier les vivaces.
- Apportez du compost dans les massifs.

Repères phénologiques

Floraison du noisetier, du crocus, du perce-neige et du tussilage.

08h18

lundi
12

NA 18h01

mardi
13

15h06

mercredi
14

jeudi
15

13h08

vendredi
16

samedi
17

dimanche
18

TERRINE DE CÉLERI-RAVE POUR 6

- Pelez environ 1,2 kg de céleri-rave, coupez-le en cubes et faites cuire 30 min à l'eau salée, jusqu'à ce que la chair soit bien tendre.
- Égouttez en conservant 10 cl d'eau de cuisson. Ajoutez au jus de cuisson une briquette de 20 cl de crème liquide au choix (vache, soja, avoine...) et 4 g d'agar-agar en poudre. Fouettez pour délayer, ajoutez du poivre et un peu de muscade, puis portez à ébullition.
- Mixez très soigneusement avec la chair de céleri et 70 g d'emmental râpé, de façon à obtenir une texture bien lisse. Goûtez pour rectifier éventuellement l'assaisonnement en sel puis versez dans un moule à cake huilé d'environ 1,5 l de contenance.
- Mettez au frais quelques heures, le temps que la terrine prenne. Savourez froid, ou légèrement tiédi (si l'on ne dépasse pas 80 °C, la terrine restera ferme).

21h57

lundi **19**

mardi **20**

09h28

mercredi **21**

jeudi **22**

00h28

vendredi **23**

samedi **24**

Apogée 15h58

dimanche **25**

Petites joies du printemps

Ces plumes blanches sur les branches des pruniers sauvages… seraient-ce les premières fleurs du printemps ?

Timides, mais décidés, les bourgeons gonflent et de toutes petites feuilles vernissées se déploient. Après le duo hivernal *a cappella* du rouge-gorge et de la mésange, la grande chorale polyphonique des oiseaux réunit à nouveau d'innombrables membres et peut reprendre ses répétitions enjouées.

Sous un ciel de porcelaine, les premiers rayons du matin font scintiller encore quelques cristaux de gelée blanche… qui semblent prêcher la plus grande prudence aux bourgeons d'abricotiers !

Au potager, les légumes d'hiver touchent à leur fin mais n'ont pas encore dit leur dernier mot : les choux, par exemple, lancent vers le ciel de jeunes pousses tendres et sucrées qui sont un peu comme le chef-d'œuvre méconnu de leur vie, un véritable régal de roi pour le jardinier. Mais qu'il serait dommage de toutes les ramasser… car elles représentent autant de promesses pour les abeilles ! Telles des gypsophiles géantes d'un jaune citronné, les choux de mars en fleurs forment un spectacle éminemment joyeux et bourdonnant. Il suffit d'avoir contemplé une fois le jeu du soleil matinal dans cette brume de fleurs lumineuses pour se convaincre d'attendre patiemment avril avant de « libérer » les planches de choux…

Les épinards, mescluns et blettes reprennent du courage, les laitues pomment timidement, et l'on aperçoit déjà le popotin tout rose des petits radis précoces. Histoire de compléter ces récoltes précieuses, la pelouse se fait potager auxiliaire et nous offre pissenlit, plantain, ail des ours et autres petits délices bienfaisants des salades de printemps.

Appréciant la chaleur du soleil de mi-journée sur mes bras, je pose mon anorak sur la clôture du potager… pour courir aussitôt le récupérer ! Vous avez dit « giboulées » ? Qu'à cela ne tienne. Le besoin de jardiner en mars est si impérieux qu'après tout, il s'apprécie même au son des gouttes tombant sur la capuche.

Mars

Travaux du jardin

1re quinzaine

Au potager

- Semez sous abri : radis, navets, persil, carottes.
- Semez au chaud : aubergines, poivrons, piments, tomates.
- Semez en pleine terre : laitues, roquette.
- Plantez en pleine terre : choux cabus, laitues, persil, ciboulette.
- Commencez à faire germer les pommes de terre.

Au verger

- Taillez la vigne.
- Traitez pommiers et poiriers avant floraison avec un fongicide à base de cuivre.
- Traitez les arbres attaqués l'an passé par la moniliose avec de la bouillie bordelaise.

Au jardin d'ornement

- Finissez de nettoyer les massifs de vivaces.
- Semez sous abri annuelles et vivaces.
- Taillez les arbustes et les haies à floraison estivale.
- Divisez les vivaces.

Repères phénologiques

Floraison du cornouiller mâle, du saule marsault.

01h55

lundi
26

ND 23h53

mardi
27

mercredi
28

21h47

jeudi
29

vendredi
1

15h21

samedi
2

dimanche
3

OMELETTE AU BREBIS, PIGNONS ET JEUNES POUSSES D'ÉPINARDS POUR 4

- Dans une large poêle (28 cm), faites légèrement colorer à l'huile d'olive un oignon et 3 gousses d'ail émincés, avec 2 c. à soupe de pignons de pin. Ajoutez les épinards bien égouttés, salez, poivrez, mélangez et laissez « tomber » les feuilles quelques instants.
- Pendant ce temps, battez dans un saladier 8 œufs avec un peu de sel, ajoutez environ 80 g de tomme de brebis râpée ou en fins copeaux. Versez dans la poêle, posez un couvercle et cuisez quelques minutes sur un feu large (pour bien embrasser le fond de la poêle), mais très doux (pour ne pas brûler le fond), juste le temps que le dessus soit pris tout en restant légèrement baveux.

16h30

lundi
4

mardi
5

mercredi
6

23h54

jeudi
7

vendredi
8

20h20

samedi
9

Périgée 08h04

dimanche
10

19h09

Mars

TRAVAUX DU JARDIN

2E QUINZAINE

Au potager

- Semez des engrais verts sur les emplacements des cultures d'été.
- Semez sous abri : choux de Bruxelles, choux-fleurs, choux de Milan, poireaux d'été.
- Semez en pleine terre : panais, roquette, cerfeuil, carottes.
- Plantez oignons, asperges, échalotes.

Au verger

- Plantez les agrumes, le figuier et l'olivier.
- Greffez en couronne vos fruitiers au moment de la floraison.

Au jardin d'ornement

- Semez sous abri les fleurs estivales : capucines, cosmos, rudbeckias…
- Taillez les rosiers.
- Scarifiez la pelouse pour éliminer les mousses.

Repères phénologiques

Floraison de l'abricotier, du pêcher, du groseillier, du forsythia, du cognassier du Japon…

lundi
11

NA 02h17

mardi
12

00h39

mercredi
13

jeudi
14

21h03

vendredi
15

samedi
16

dimanche
17

SALADE CÉSAR, LA VRAIE ! POUR 4

- Lavez et égouttez une salade romaine.
- Faites cuire 4 œufs durs.
- Découpez en cubes 2 tranches de pain et faites-les dorer quelques minutes à l'huile d'olive dans une poêle.
- Optionnel, mais je le fais toujours : émincez quelques radis et une cébette.
- Pour la sauce, mixez 8 c. à soupe d'huile d'olive avec 4 filets d'anchois à l'huile, 50 g de parmesan râpé, 2 c. à soupe de vinaigre de vin, une gousse d'ail, 1 c. à café de moutarde, éventuellement quelques gouttes de sauce Worcestershire (ou 2 gouttes de Tabasco).
- Servez la salade avec les croûtons, les œufs durs, de fins copeaux de parmesan, les radis, la cébette… et la sauce, terrible !

03h58

lundi
18

mardi
19

15h17

mercredi
20

Printemps

06h22

jeudi
21

vendredi
22

Apogée 16h44

samedi
23

09h05

dimanche
24

Mars

NOTES

Mars Semaine **13**

lundi
25

ND 06h07

mardi
26

mercredi
27

04h40

jeudi
28

vendredi
29

22h19

samedi
30

dimanche
31

Pâques

le temps des promesses

Dans l'air si doux de la mi-journée, les derniers feux d'artifice jaune citron des panicules de chou se balançant au chant du coucou répondent au rose tendre des ramures des pommiers. Les petites vrilles de pois gourmands s'enroulent timidement, mais amoureusement autour des piquets de châtaignier qui guideront leur envol vers le soleil de printemps, puis soutiendront leurs jolies fleurs blanches.

Je contemple cette terre souple, regrettant un peu d'avance le moment où il me faudra la pailler, avant l'été... Sur ce beau sol noir, les petites salades semblent plus vertes et brillantes que jamais !

Avril, plein de promesses, est le mois de l'attente et de la sage patience. Hormis ceux qui égaient le potager de leurs floraisons ravissantes, les légumes d'hiver ont passé l'arme à gauche... quant à ceux du printemps, ils semblent hésiter – bien plus prudents que moi ! – devant les séduisantes illusions du mois d'avril. Tant de soleil, de douceur, de fleurs, de senteurs et de bourdonnements... risquant d'être balayés en une nuit par la brusque contre-attaque de l'hiver ! Ivres de soleil le jour, frissonnants au petit matin, les pommes de terre nouvelles, pois gourmands, petits oignons, ail nouveau, carottes, navets, mescluns et laitues se font désirer. Ils n'en seront que plus sublimes au moment venu...

En attendant, je remplis mes paniers de petits radis croquants (sans jamais oublier de cuisiner en velouté leurs délicieuses fanes, si précieuses en cette période de presque disette !), d'épinards, de repousses de choux, de premières laitues (encore un peu « pitchounes », mais elles sont si tentantes !), ainsi que des quelques feuilles sauvages que mon jardin, plein de prévenance envers son jardinier, fait pousser à foison sans que j'aie à m'en soucier !

Au retour du potager, je semble oublier à chaque fois le chemin le plus court vers la cuisine... non, il n'est vraiment pas nécessaire de faire ce détour par les lilas qui embaument tout le jardin, ni par les tulipes doubles aux teintes si douces de bonbons fruités : ils n'apporteront rien de plus au repas. Mais le moyen d'y résister ?...

Avril

TRAVAUX DU JARDIN

1re QUINZAINE

Au potager

- Semez sous abri : concombres, courges, melons, basilic, céleris.
- Semez en pleine terre : carottes, épinards, panais, salsifis, radis, cerfeuil.
- Plantez estragon, pommes de terre précoces, topinambours.
- Terminez de semer les engrais verts.

Au verger

- Divisez les touffes de framboisier.
- Installez les colliers antifourmis.
- Finissez les greffes en fente et en couronne.

Au jardin d'ornement

- Semez sous abri : cosmos, lavatères, lin, œillets, zinnias, coréopsis...
- Nettoyez les mares et bassins.
- Nettoyez le pied des haies.

Repères phénologiques

Floraison du prunier, du groseillier à fleurs, du prunellier...

00h12

lundi **1**

Lundi de Pâques

mardi **2**

09h18

mercredi **3**

jeudi **4**

07h17

vendredi **5**

samedi **6**

07h12

Périgée 19h51

dimanche **7**

VELOUTÉ D'AVRIL POUR 4

- Faites dorer 5 gousses d'ail et un petit oignon émincé dans 4 c. à soupe d'huile d'olive.
- Ajoutez une patate douce (parmi les dernières de la cave) épluchée et coupée en cubes, les fanes (petites et encore vertes) d'une petite passoire de radis, couvrez d'eau, salez, posez un couvercle et laissez mijoter une dizaine de minutes, le temps que la patate douce soit bien tendre.
- Ajoutez un peu de poivre 5 baies, mixez très soigneusement au blender de façon à obtenir un velouté bien crémeux, puis savourez tel quel, ou en ajoutant une lichette de crème. Le parfum de petit pois de ce velouté est totalement bluffant !

Avril Semaine 15

12h35

07h59

12h35

NA 14h18

lundi **8**

mardi **9**

mercredi **10**

jeudi **11**

vendredi **12**

samedi **13**

dimanche **14**

Avril

Travaux du jardin

2e quinzaine

Au potager

- Semez à chaud : chicorées frisées, concombres, courges, melons, courgettes.
- Semez en pleine terre : betteraves, carottes, choux cabus et rouges, choux-raves, fenouils, laitues d'été, panais, salsifis.
- Plantez en pleine terre : artichauts, céleris branche, pommes de terre.
- Paillez les fraisiers.

Au verger

• Si besoin, effectuez un traitement préventif contre la tavelure avec du soufre mouillable sur vos pommiers et poiriers après la floraison.

Au jardin d'ornement

- Semez en pleine terre : capucines, cosmos, lavatères, lin, œillets, zinnias, bourrache...
- Apportez du compost sous les rosiers.
- Taillez les buis.
- Plantez glaïeuls et dahlias.

Repères phénologiques

Floraison du lilas, du cerisier, du poirier, du pommier, du marronnier...

lundi
15

23h12

mardi
16

mercredi
17

13h55

jeudi
18

vendredi
19

Apogée 04h10

samedi
20

15h35

dimanche
21

POÊLÉE DE JEUNES CAROTTES POUR 6

- Faites fondre 50 g de beurre dans une large poêle, un wok ou une sauteuse, puis faites-y dorer une douzaine de petits oignons coupés en deux, ainsi que 60 g de jambon cru détaillé en « lardons ».
- Ajoutez environ 400 g de jeunes carottes coupées en deux dans le sens de la longueur et 400 g de pommes de terre grelot. Ne salez pas (à cause du jambon), mais poivrez légèrement, couvrez et faites sauter une quinzaine de minutes, jusqu'à ce que les pommes de terre soient bien tendres et les carottes légèrement caramélisées. Servez avec un hachis d'ail et de persil.

ND 12h44

lundi **22**

mardi **23**

10h48

mercredi **24**

jeudi **25**

04h04

vendredi **26**

samedi **27**

05h44

dimanche **28**

L'abondance, enfin...

Au jardin d'ornement, la folle générosité des roses et des pivoines fait gracieusement arquer les branches : ces belles demoiselles semblent se pencher avec bienveillance sur les myriades de petites fleurs bleues qui, tels des enfants joyeux, s'amusent à leur pied.

Mais que ce spectacle ne fasse pas oublier ce qu'il se passe au potager ! Certes, c'est en mai qu'étonnamment, il est le plus monochrome : du vert, du vert, rien que du vert ! Plus de fleurs de choux, pas encore de cosmos ni de pavots, de soucis ou de tagètes... mais derrière cette apparente monotonie, il s'en passe de belles... un véritable festival de surprises !

Voyez par exemple les sages palissades végétales de pois gourmands. Approchez-vous. Plus près, encore plus près... Là ! Les voyez-vous ? Des centaines de pois gourmands semblant mourir d'envie de sauter joyeusement dans une poêle...

Et ces fanes de carottes, là, si l'on tirait un peu dessus, juste pour voir ? Hum, pas énorme celle-là. Voyons celle d'à côté. Oooh, le magnifique spécimen que voilà ! Ces jolies racines tiendront compagnie aux pois gourmands dans la poêle.

Et ne parlons même pas des laitues : énormes, brillantes, tellement croquantes qu'elles bruissent sous mes doigts. Comme chaque année, j'en ai planté trop, et me voilà condamnée à surveiller maintenant d'un œil indulgent mais attentif leurs tentatives pour se transformer en sapin de Noël...

Les cébettes et l'aillet leur tiendront compagnie dans le panier, puis dans le saladier, avec quelques feuilles de roquette sauvage et de cerfeuil semés là par le vent. Et pour compléter cette incomparable salade, je fais un détour par le poulailler pour ramasser quelques œufs. Grisette ne couve plus... mais glousse fièrement devant sept petites boules de soie abritées sous ses ailes.

Sur la vieille charrette en bois, de jeunes plants prennent force au bon soleil de mai avant la grande aventure. Ceux de tomates, de concombres, de poivrons et de courgettes ont déjà été installés en grande pompe fin avril, porteurs de mille promesses pour le cœur de l'été...

Mai

TRAVAUX DU JARDIN

1re QUINZAINE

Au potager

- Semez en pleine terre: arroches, chicorées, fenouils, haricots, potirons, maïs, persil, poirées, pourpier, carottes, choux de Milan, choux brocolis, panais, navets, concombres, courges.
- Paillez avec les premières tontes de gazon.
- Plantez en pleine terre: chicorées (frisées et scaroles), pommes de terre, choux, laitues.

Au verger

- Installez les pièges à mouches dans les cerisiers.
- Binez et désherbez le pied des arbres.
- Paillez le pied des jeunes plants.

Au jardin d'ornement

- Plantez en pleine terre toutes les annuelles à floraison estivale.
- Taillez les arbustes à floraison printanière après leur floraison.
- Semez en pleine terre les annuelles (capucines, œillets, soucis…) et les vivaces.
- Paillez les massifs de vivaces.

Repères phénologiques

Floraison de la glycine, du cytise, de l'aubépine, du sorbier…

lundi **29**

15h30

mardi **30**

mercredi **1**

Fête du Travail

14h47

jeudi **2**

vendredi **3**

16h09

samedi **4**

NA 23h53

dimanche **5**

BLINIS AUX ORTIES POUR 4

- Hachez au robot 80 g de pointes d'orties fraîches avec 100 g de parmesan, 140 g de farine semi-complète, ½ sachet de poudre à lever, une gousse d'ail, un petit oignon tige, 3 brins de sarriette fraîche, 3 œufs et une grosse pincée de sel.

- Faites chauffer de l'huile dans une grande poêle, puis déposez-y de grosses cuillerées de préparation. Retournez dès que la première face est bien dorée pour poursuivre la cuisson. Les blinis doivent être dorés à l'extérieur et tout moelleux à l'intérieur.

- Savourez bien chaud avec une salade et une céréale au choix.

Périgée 00h04

lundi
6

22h54

mardi
7

mercredi
8

18h23

Victoire de 1945

jeudi
9

Ascension

vendredi
10

samedi
11

21h41

dimanche
12

Mai

Travaux du jardin

2e quinzaine

Au potager

- Plantez en pleine terre : aubergines, tomates, courges, courgettes, piments, poivrons, concombres, céleris…

Au verger

- Surveillez les attaques de pucerons.
- Éclaircissez les fruits en surnombre.
- Préparez vos premiers purins à base d'ortie, de consoude ou de prêle.

Au jardin d'ornement

- Plantez en pleine terre géraniums, bégonias…
- Bouturez les vivaces.

Repères phénologiques

Floraison du sureau, de l'acacia…

07h33

lundi
13

mardi
14

21h37

mercredi
15

jeudi
16

Apogée 20h58

vendredi
17

22h54

samedi
18

ND 18h35

dimanche
19

Pentecôte

Mai

CRÈME DE FRAISE À TARTINER POUR UN POT

- Équeutez 500 g de fraises bien mûres et coupez-les en 2 ou en 4 dans une casserole.
- Ajoutez 4 c. à soupe de sirop d'agave, 4 c. à soupe d'eau et 2 g d'agar-agar.
- Portez à ébullition et laissez compoter 10 min environ, jusqu'à ce que le jus de cuisson soit bien évaporé.
- Mixez avec 85 g d'huile de coco (ou de beurre, si vous préférez). Laissez prendre au réfrigérateur : la crème (type curd anglo-saxon) va épaissir.
- Le pot bien fermé se conserve au moins une semaine au frais sans souci.

lundi **20**

Lundi de Pentecôte

mardi **21**

17h59

mercredi **22**

10h50

jeudi **23**

vendredi **24**

11h47

samedi **25**

dimanche **26**

Fête des mères

Au son des premiers grillons

Dans la prairie, de l'autre côté de la clôture, des graminées blondes ondulent sous les vagues de la brise d'été. Les criquets chantent, l'air sent le foin chaud et les fleurs blanches au parfum de miel. Ce foin odorant, à peine séché, viendra jeter une couverture de fraîcheur entre le sol précieux du potager et les ardeurs du soleil…

Après nous avoir tant régalés, les pois gourmands ont maintenant terminé leur glorieuse épopée : mais les racines laissées en terre offriront un précieux tribut d'azote pour les cultures suivantes.

Dans d'autres rangs, le parme des fleurs de pommes de terre répond gracieusement au bleu azur du lin censé les protéger. Il est temps d'arracher quelques pieds, et de fouiller à pleines mains dans la terre chaude à la recherche de ces petites patates nouvelles toutes dorées, ou roses, qui font chavirer les papilles quand une lichette de beurre salé fond en « surfant » sur leur peau fine encore fumante…

Les tomates cerises – plus précoces que leurs consœurs – font l'objet de toutes les convoitises. Y en a-t-il une qui entame un léger virement de couleur, que hop, toute la famille se murmure la nouvelle avec émotion !

C'est aussi en juin que sur les pieds de courgettes, de larges corolles jaune-orangé gorgées de pollen laissent place à de petits fruits verts fermes et brillants. J'ai écrit « petits » car faisant l'objet de toutes les surveillances, il y a peu de chance qu'un jardinier étourdi les laisse rivaliser avec la taille d'un crocodile (comme cela arrivera hélas très probablement au cours du mois prochain…) !

Et sur les folles lianes partant à l'assaut du treillage, de drôles de petites étoiles se métamorphosent en une sorte de cornichons lilliputiens : les concombres seront bientôt là aussi… de même que les premiers poivrons verts ! Qu'on se le dise : c'est en juin avec les laitues, les tomates cerises, les concombres, les févettes, les poivrons, les artichauts émincés en fines tranches, les cébettes, l'ail frais et quelques branches de jeunes céleris que l'on fait les meilleures salades niçoises du monde !

Sur la charrette, la première vague de plants a laissé place aux semis plus tardifs. Au potager, tout est maintenant en ordre avant l'été, et de tout petits toupets mauves, verts ou bleutés peinent à émerger de l'épais paillage. En secret, juste dessous, le goutte-à-goutte dispense avec précision la précieuse ressource, indispensable à toute vie, qui désaltère les jeunes légumes avides d'eau et de soleil…

Juin

Travaux du jardin

1re quinzaine

Au potager

- Semez laitues, frisées, scaroles, choux-fleurs, navets, courgettes, haricots, persil, poireaux, radis.
- Plantez aubergines, frisées, scaroles, choux-fleurs, concombres, courges, courgettes, potirons, poivrons, tomates.
- Binez, sarclez et paillez les planches de culture.
- Buttez les pommes de terre, les haricots et les pois.
- Installez un voile anti-insectes sur la planche de carottes au moment du semis.

Au verger

- Marcottez les petits fruits.
- Éliminez les rejets au pied des arbres greffés.
- Placez des pièges à phéromones contre la carpocapse du pommier.

Au jardin d'ornement

- Terminez de pailler les massifs.
- Ôtez les fleurs fanées au fur et à mesure pour prolonger les floraisons.
- Taillez les arbres à floraison printanière.

Repères phénologiques

Floraison du cornouiller sanguin, du pyracantha...

lundi 27

20h59

mardi 28

mercredi 29

20h30

jeudi 30

vendredi 31

22h16

samedi 1

NA 05h07

Périgée 09h16

dimanche 2

ARROCHE EN SALADE POURPRE POUR 4

- Faites cuire à l'eau 1 kg de pommes de terre et 8 œufs.
- Pendant ce temps, émincez un oignon rouge, ciselez quelques feuilles de basilic (pourpre), coupez une poignée de tomates cerises ('Black Cherry') en 4, lavez une petite passoire de jeunes feuilles d'arroche (en émincant si besoin les plus grandes) et découpez un peu de fromage de chèvre en cubes.
- Écalez les œufs, découpez les pommes de terre en morceaux.
- Pour la sauce, mixez une gousse d'ail avec 8 c. à soupe d'huile d'olive, le jus d'un citron pressé, 3 brins de sarriette bien tendres, 1 c. à café de moutarde, un peu de sel et de poivre.
- Mélangez tous les ingrédients, en ajoutant éventuellement quelques câpres. Nappez de sauce, parsemez de fleurs de bourrache rosées et servez.

Juin Semaine **23**

07h09

03h34

07h03

16h33

lundi
3

mardi
4

mercredi
5

jeudi
6

vendredi
7

samedi
8

dimanche
9

Juin

TRAVAUX DU JARDIN

2E QUINZAINE

Au potager

- Semez carottes, arroches, choux de Chine, haricots, navets, radis.
- Plantez céleris, choux frisés, choux pommés, courgettes et poireaux.
- Traitez préventivement pommes de terre et tomates contre le mildiou.

Au verger

- Traitez la vigne contre l'oïdium et le mildiou.

Au jardin d'ornement

- Semez les fleurs bisannuelles à mi-ombre : pâquerettes, myosotis, pensées.
- Tuteurez les vivaces si besoin : gauras, dahlias...

Repères phénologiques

Floraison du tilleul, de la ronce, du troène, de l'althéa...

lundi
10

06h09

mardi
11

mercredi
12

jeudi
13

06h55

Apogée 15h35

vendredi
14

ND 22h17

samedi
15

dimanche
16

Fête des pères

CLAFOUTIS LÉGER AUX MIRABELLES POUR 8

- Préchauffez le four à 180 °C.
- Beurrez un grand moule à tarte en pyrex ou en terre de 30 à 32 cm de diamètre. Tassez au fond 1 kg de mirabelles non dénoyautées, sur une seule couche.
- Mixez 35 cl de lait au choix (vache, chèvre, brebis, soja-vanille, boisson coco…) avec 4 œufs, 2 g d'agar-agar en poudre, 50 g de farine, 2 sachets de sucre vanillé (ou un soupçon d'arôme d'amande amère), une briquette de 20 cl de crème (de vache, ou de coco), 2 c. à soupe de rhum et 50 g de sucre complet.
- Versez sur les mirabelles et parsemez éventuellement de quelques amandes effilées.
- Enfournez pour 50 min, puis laissez entièrement refroidir avant de savourer (idéalement, préparez ce gâteau la veille et mettez-le au réfrigérateur une nuit, en couvrant le plat).

lundi
17

02h12

mardi
18

mercredi
19

18h59

jeudi
20

Été

vendredi
21

19h25

samedi
22

dimanche
23

Juin

NOTES

03h34

lundi
24

mardi
25

02h18

mercredi
26

Périgée 13h30

jeudi
27

02h52

vendredi
28

NA 06h25

samedi
29

13h22

dimanche
30

Juillet

Douceur des soirs et des matins d'été

Au plus chaud de l'été j'aime visiter mon jardin à l'aube, une tasse de café à la main. Dans la douceur de la lumière matinale, tout semble si paisible !

Contre la serre, les premiers rayons cuivrés éclairent de grosses tomates qui font ployer leurs branches souples. J'en mets quelques-unes dans mon panier pour midi, et ne peux résister à la tentation de picorer une poignée de 'Black Cherry' sucrées à souhait. Malgré leur couleur de chocolat il faut tout de même avouer qu'avec le café, c'est curieux...

Les jeunes plants de choux, de céleris, de blettes ou de cardons forcissent de jour en jour, jusqu'à recouvrir entièrement de leurs grandes feuilles vertes, bleutées ou éclaboussées de mauve les paillages épais qui sentent bon le foin chaud.

Tandis que des abeilles et bourdons tout poudrés de pollen visitent leurs fleurs avec passion, je ramasse quelques courgettes si fraîches qu'une goutte de sève pointe au bout de leur tige. Quelques poivrons brillants à peine, teintés de rouge, viendront compléter la récolte.

Dans le bas du potager, de gros bébés joufflus attirent toute ma tendresse et mon attention : juillet voit en effet la naissance de tant de petites courges et potirons ! Regarder la fleur s'épanouir, le petit fruit commencer à enfler puis se développer (... ou pas !) est un suspense de chaque matin.

Huit heures, il est déjà temps de rentrer. Une journée de travail ou de vacances m'attend mais au frais, dans la maison. Je ressortirai ce soir cueillir de quoi composer le souper, et dispenser à mes légumes un peu recroquevillés par les ardeurs d'une journée brûlante cette eau bienfaisante qui est un vrai trésor.

Heure bénie que celle de l'arrosage du soir, dans l'air ayant retrouvé un peu de douceur... Dans la prairie voisine, les grillons s'en donnent à cœur joie. Une brise tiède agite les graminées glorieusement flamboyantes sous les derniers rayons de l'astre du jour à son « heure d'or ».

Au potager, on entend le chant de l'eau. Je m'enivre d'une délicieuse senteur de terre mouillée, de feuillages de tomates et de basilic froissés. Cela donnerait presque envie de se coucher là pour la nuit, sur les paillages moelleux, le nez tourné vers les étoiles du ciel de juillet.

Juillet

TRAVAUX DU JARDIN

1RE QUINZAINE

Au potager

- Semez en pleine terre chicorées frisées, carottes, fenouils, laitues d'automne, radis.
- Faites un deuxième semis de courgettes directement en pleine terre.
- Surveillez la présence de piérides et écrasez si besoin les œufs ou les jeunes chenilles.
- Surveillez l'apparition du mildiou sur les tomates et les pommes de terre.

Au verger

- Traitez la vigne contre le mildiou si nécessaire.
- Soutenez les branches trop chargées en fruits.

Au jardin d'ornement

- Taillez les rosiers non remontants.
- Taillez les haies.
- Récoltez les graines des plantes à floraison printanière (lychnis, bleuets, nigelles...).

lundi
1

10h42

mardi
2

mercredi
3

jeudi
4

15h23

vendredi
5

samedi
6

01h03

dimanche
7

CHIFFONNADE DE CONCOMBRE À LA FAISSELLE DE CHÈVRE POUR 4

- Émincez très finement (idéalement à la mandoline ou au robot) environ 400 g de concombres (soit 2 concombres de taille moyenne) et un petit oignon rouge. Ajoutez 1 c. à café de sel fin, mélangez bien et laissez mariner au moins 10 min, au mieux 30 min. En même temps, renversez une faisselle de chèvre dans une passoire fine et laissez-la bien égoutter également pendant 30 min.
- Mixez la faisselle avec le jus d'un citron, 2 c. à soupe d'huile d'olive et du poivre 5 baies, jusqu'à obtention d'une sauce soyeuse. Ajoutez quelques brins de ciboulette et d'aneth (ou de fenouil) finement ciselés.
- Égouttez soigneusement le concombre, puis mélangez avec la sauce et savourez aussitôt.

14h34

lundi
8

mardi
9

mercredi
10

15h03

jeudi
11

Apogée 10h10

vendredi
12

ND 00h26

samedi
13

dimanche
14

Fête nationale

Juillet

Travaux du jardin

2e quinzaine

Au potager

- Semez en pleine terre arroches, chicorées frisées, chicorées sauvages, choux brocolis, haricots, laitues (d'automne), mâche, pois, radis, radis d'hiver, roquette.
- Semez des engrais verts sur les parcelles qui se libèrent.
- Plantez en pleine terre chicorées (frisées et scaroles), chicorées sauvages 'Pain de sucre', choux-fleurs, choux frisés, fraisiers, laitues.
- Luttez contre les altises sur les choux, les radis et les navets.
- Si besoin, effectuez une lutte préventive contre le mildiou de la pomme de terre et de la tomate.

Au verger

- Taillez les gourmands.
- Arrosez les jeunes arbres en cas de sécheresse.

Au jardin d'ornement

- Taillez court les couvre-sols ayant fleuri (nepetas, géraniums...).
- Continuez la chasse aux fleurs fanées.
- Surveillez l'arrosage des nouvelles plantations.

10h48

03h57

04h32

12h06

lundi
15

mardi
16

mercredi
17

jeudi
18

vendredi
19

samedi
20

dimanche
21

MOELLEUX CHOCOLAT-COURGETTE POUR 8

- Préchauffez le four à 180 °C, si possible en chaleur tournante.
- Faites fondre à feu doux 200 g de chocolat noir pâtissier à 70 % et 85 g de beurre.
- Mixez au robot 300 g de courgettes (bien jeunes, pas trop grosses, le gâteau sera meilleur ainsi) avec le chocolat et le beurre fondus, 65 g de sucre brun, 3 sachets de sucre vanillé, 3 œufs, 125 g de farine, 1 c. à soupe de rhum et une grosse pincée de fleur de sel.
- Beurrez un moule à savarin de 24 cm de diamètre environ, versez-y la pâte et enfournez pour 25 min.
- Savourez tout chaud ou à température ambiante.
- Quand l'automne sera venu, remplacez les courgettes par du potimarron !

Juillet Semaine 30

lundi
22

09h48

mardi
23

Périgée 07h40

mercredi
24

08h20

jeudi
25

NA 07h32

vendredi
26

18h55

samedi
27

dimanche
28

Tant d'exubérance...

La moitié de l'été est passée, avec ses journées accablantes où le vieux cerisier peinait tant à protéger les légumes de son ombrage modeste.

De bons gros orages tonnent maintenant dans le ciel, comme la promesse d'un torrent désaltérant qui va – peut-être ! – imprégner les paillages et imbiber profondément la terre chaude.

Au jardin, août est un mois d'abondance : tous les légumes d'été sont au summum de leur générosité, au zénith de leur goût, et l'on revient chaque jour ployé en deux sous le poids des paniers de légumes mais aussi de fruits ! Il faut pourtant sortir tôt le matin pour disputer aux guêpes les petites mirabelles au goût de miel, les pêches ou les quetsches confites au soleil qui jonchent l'herbe… cette fameuse herbe sèche du mois d'août qui crisse sous les pieds, elle aussi assoiffée par la brûlure des canicules, mais attendant patiemment son tour. Car l'eau, elle le sait, est uniquement pour les légumes ! Au beau milieu de sa pelouse jaunie, mon potager d'août évoque d'ailleurs curieusement l'image d'une oasis luxuriante en plein désert…

Au jardin d'ornement, les roses et les fleurs ont mis à profit les premiers orages bienfaisants pour démontrer qu'elles n'étaient pas vaincues, mais s'économisaient juste avec sagesse dans l'attente de pouvoir à nouveau tout donner. En plus des récoltes de légumes plus variées que jamais, de grands bouquets de fleurs remontent maintenant vers la maison : althéas, bignones, dahlias, cosmos, ammis, zinnias… Que serait un mois d'août sans ses énormes bouquets ?

Dans le bas du jardin, l'épopée des cucurbitacées se poursuit… quelques bébés voient encore le jour, mais les feuillages amoindris par la sécheresse et un début d'oïdium révèlent maintenant de plantureux potirons. Ils trônent au milieu de la pelouse, les gros pépères, ils escaladent les clôtures, se mêlent aux vignes ou grimpent dans les pommiers !

En pépinière, des légumes d'hiver encore à l'état de nourrissons trépignent dans leurs godets à l'espoir qu'une place se dégage. Mais il ne se libère pas tant de rangs que cela, en août, si ce n'est celui des oignons et de quelques laitues d'été… Prenez donc patience, les jeunes plants, car septembre arrive, et avec lui le grand branle-bas de combat automnal du potager !

Août

Travaux du jardin

1re quinzaine

Au potager

- Semez cerfeuil, choux de Chine, épinards, fenouils, mâche, navets, radis, radis d'hiver, roquette.
- Semez des engrais verts sur les parcelles qui se libèrent.
- Plantez chicorées (frisées et scaroles), chicorées sauvages, choux brocolis, choux-fleurs, choux pommés, choux-raves.
- Couvrez semis et jeunes plants à l'aide de cagettes renversées pour faciliter enracinement et croissance à l'abri du soleil.

Au verger

- Supprimez les pousses de framboisiers qui s'écartent de l'alignement.
- Traitez au soufre contre l'oïdium si besoin.

Au jardin d'ornement

- Continuez à tuteurer les plantes hautes.
- Bouturez les vivaces après floraison.

16h21

22h07

08h14

22h04

lundi
29

mardi
30

mercredi
31

jeudi
1

vendredi
2

samedi
3

dimanche
4

POÊLÉE DE TOMATES CERISES AU PAIN PERDU POUR 2

- Faites revenir 3 gousses d'ail et 1 petit oignon émincés dans 4 c. à soupe d'huile olive.
- Ajoutez une petite passoire de tomates cerises bien mûres et faites-les sauter juste le temps que la peau se ride, sans trop les crever ou les écraser.
- Salez, poivrez, ajoutez 2 larges tranches de pain un peu rassis, préalablement découpées en morceaux de la taille d'une bouchée, et poêlez quelques minutes de plus, juste le temps que le pain dore un peu, tout en s'imbibant de sauce. Savourez aussitôt avec une tombée de basilic haché.

lundi
5

mardi
6

22h38

mercredi
7

jeudi
8

ND 03h06

Apogée 03h31

vendredi
9

samedi
10

dimanche
11

18h52

Août

TRAVAUX DU JARDIN

2E QUINZAINE

Au potager

- Semez chicorées sauvages, choux pommés de printemps, épinards, fenouils, laitues, mâche, navets, oignons blancs, radis, roquette.
- Semez des engrais verts sur les parcelles qui se libèrent.
- Plantez chicorées (frisées et scaroles), choux-fleurs, fraisiers.

Au verger

- Bouturez le figuier.
- Éliminez les fruits malades.
- Traitez la vigne contre le mildiou.

Au jardin d'ornement

- Divisez les iris.
- Taillez la lavande et la santoline après floraison.
- Bouturez les rosiers.

lundi
12

12h39

mardi
13

mercredi
14

14h05

jeudi
15

Assomption

vendredi
16

22h06

samedi
17

dimanche
18

Poires aux framboises POUR UN BOCAL DE 1 L

- Dans un bocal de 1 l, déposez une couche de tranches de poires d'été (naturellement très sucrées : 'Williams', 'Guyot'...) sans forcément les éplucher, quelques framboises, une nouvelle couche de tranches de poires, quelques framboises, et ainsi de suite jusqu'à ce que le bocal soit bien plein.
- Posez l'élastique, fermez et stérilisez 90 min.

19h25

lundi
19

mardi
20

Périgée 07h01

16h22

mercredi
21

NA 12h26

jeudi
22

vendredi
23

01h41

samedi
24

dimanche
25

22h08

Août

NOTES

lundi
26

mardi
27

mercredi
28

03h42

jeudi
29

14h09

vendredi
30

samedi
31

04h23

dimanche
1

Vite, vite...

Tari tari tari taraaaa !

Quand on demande à un jardinier quel est son mois le plus intense au potager, il répond souvent « avril ». Ce n'est pas faux, sauf que ce que l'on a raté en avril peut encore être fait en mai, voire en juin.

C'est tout différent en septembre, mois de la « chaise musicale » par excellence... et de plus le compteur tourne ! Or, s'il est bien difficile de se figurer combien la saison froide arrive à grands pas (les journées sont encore si douces...), la situation n'en est pas moins sérieuse. Malgré la poésie de ce mois, fusionnant les charmes de l'été à ceux de l'automne, septembre n'est donc pas le moment de rêvasser...

Certains légumes ont heureusement déjà été plantés bien en amont (blettes, choux, céleris, betteraves, carottes, poireaux, panais, persils tubéreux, etc.), car un potager d'hiver s'anticipe dès la fin du printemps. Mais d'autres cultures d'arrière-saison doivent maintenant se dépêcher de prendre la place des légumes d'été s'ils veulent se développer avant les grands froids. Or, quand il s'agit d'arracher de vieux pieds de concombres à moitié dévorés par l'oïdium, ou de libérer un rang hanté par les deux ou trois dernières laitues à moitié montées, c'est de bon cœur ! En revanche, certains arbitrages font parfois chanceler la volonté... Certes, les tomates commencent à craqueler un peu sous la rosée de septembre. Certes, les pieds de courgettes semblent avoir pris leur retraite et ne fournissent plus que le minimum syndical. Mais si je les arrache, il faudra attendre l'été prochain pour m'en régaler de nouveau, et cette idée m'arrête dans mon élan. Pourtant, les petits sachets de mâche, d'épinards, de cresson, de moutardes asiatiques, de claytone, de radis d'hiver et autres délicieuses verdures sont là, à espérer le délicieux contact de la terre humide. Les plants de laitues d'hiver et de choux chinois variés n'en peuvent plus, leurs petites racines « poussent les murs » et tentent de se faire la malle par-dessous.

Allez, courage. Les hypothétiques quelques tomates et courgettes de fin septembre ne méritent pas que l'on risque de rater la saison d'hiver...

MÂCHE
MOUTARDES
CRESSON DE JARDIN
MÂCHE
ÉPINARD D'HIVER
NARD
T D'HIVER
RÉSISTANTE AU FROID
AB
RADIS
RADIS
BLEU D'AUTOMNE
ET D'HIVER
RAPHANUS SATIVUS

Septembre

Travaux du jardin

1re quinzaine

Au potager
- Semez en pleine terre choux pommés de printemps, épinards, laitues d'hiver, oignons blancs ou rouges, radis.
- Semez les engrais verts sur les parcelles qui se libèrent.
- Plantez les fraisiers en pleine terre.
- Luttez contre l'oïdium des courges et des courgettes.

Au verger
- Effeuillez (modérément) les vignes pour mieux exposer les grappes au soleil.

Au jardin d'ornement
- Plantez les iris.
- Préparez le sol pour vos futures plantations de vivaces.
- Bouturez saules et rosiers.

Repères phénologiques
Floraison des asters et des soleils...

Septembre Semaine **36**

lundi **2**

mardi **3**

05h22

mercredi **4**

ND 07h43

Apogée 16h53

jeudi **5**

vendredi **6**

samedi **7**

01h49

dimanche **8**

POTIRON BEURRE-PERSIL POUR 4 À 6

- Portez un grand faitout d'eau salée à ébullition. Découpez environ 1,5 kg de potiron (préférez les variétés à chair épaisse et un peu farineuse type 'Bleu de Hongrie' ou 'Blue Hubbard') en cubes de 3 à 4 cm, et faites-les cuire 20 à 25 min : la chair doit être bien fondante, mais ne pas se défaire (le temps de cuisson varie un peu en fonction des variétés : vérifiez en piquant avec une fourchette). Versez dans une grande passoire, laissez très soigneusement égoutter.
- Pendant ce temps, hachez un petit bouquet de persil. Mélangez les cubes de potiron avec 60 à 80 g de beurre coupé en petits cubes, le persil, du poivre 5 baies (et éventuellement un peu de sel en plus si besoin).
- C'est tout ! Et c'est tellement bon...

20h08

lundi **9**

mardi **10**

22h42

mercredi **11**

jeudi **12**

vendredi **13**

08h11

samedi **14**

dimanche **15**

Septembre

Travaux du jardin

2e quinzaine

Au potager

- Semez en pleine terre : angéliques, mâche, radis.
- Semez des engrais verts sur les parcelles qui se libèrent.
- Semez les choux-fleurs sous abri.
- Effeuillez la base des pieds de tomates.

Au verger

- Éliminez les tiges malades des framboisiers.
- Desserrez les liens des greffes en écusson.

06h10

lundi
16

mardi
17

02h50

Périgée 15h22

ND 21h50

mercredi
18

jeudi
19

10h47

vendredi
20

samedi
21

05h44

dimanche
22

Automne

Septembre

CARRÉS AUX BAIES, MIEL ET PETITS-SUISSES POUR 8

- Préchauffez le four à 180 °C.
- Mélangez 150 g de farine avec ½ sachet de poudre à lever et une pincée de fleur de sel. Ajoutez 3 œufs, 3 petits-suisses au lait entier, 100 g de miel liquide, 3 sachets de sucre vanillé et mélangez juste ce qu'il faut, sans trop insister.
- Ajoutez immédiatement entre 350 et 400 g de baies au choix (myrtilles, mûres, framboises, seules ou en mélange) et incorporez-les délicatement à la cuillère avant de verser aussitôt dans un rectangle à pâtisserie d'environ 18 x 24 cm.
- Parsemez généreusement d'amandes effilées et faites cuire 25 min.

lundi
23

mardi
24

09h31

mercredi
25

jeudi
26

19h45

vendredi
27

10h05

samedi
28

dimanche
29

Octobre

Sérénité de l'automne

Les rayons dorés d'octobre jouent dans les silhouettes mouvantes des ramures clairsemées, accrochant parfois d'un éclat brillant quelques pommes bien rouges ou le plumage azuré d'une mésange.

Les cosmos oscillent doucement entre d'imposantes feuilles de choux. Graciles et légères, leurs dernières fleurs éclaboussent le potager automnal de menues touches de rose, de mauve ou de blanc pur, attirant tout un petit peuple appliqué à butiner hâtivement ses dernières lampées de nectar.

Emperlés par la rosée du matin, les semis de septembre déroulent maintenant leurs petites feuilles téméraires. Parfois surpris dans leur élan par une gelée blanche passagère, mâche et épinards ne se laisseront pas impressionner pour si peu...

Au bout du potager, de plantureuses demoiselles attendent le train, pardon, la brouette qui les véhiculera avec moult précautions vers leurs quartiers d'hiver. Mademoiselle 'Bleu de Hongrie', Mistinguette 'Blue Hubbard', Miss 'Muscade de Provence' et leurs amies siègent sagement dans l'herbe émaillée de camomilles, lustrées par les pluies d'automne et plus belles que jamais. Mais dans ce décor idyllique, un drame secret se noue : une petite courge voit en effet s'éloigner la dernière brouette et se sent abandonnée tout en haut de son arbre... Personne ne l'a vue, quelle histoire ! Elle en vient à douter que cela fut une si fameuse idée, ce jour d'août où elle décida l'ascension du Mont Pommier ! Mais que les cœurs sensibles se rassurent, elle sera sous peu découverte dans un grand éclat de rire et rejoindra ses amies par la navette des caisses de pommes... avec deux potimarrons polissons qui se planquaient dans une haute touffe d'orties et d'achillées !

Le ciel charrie sur les Alpes de grandioses nuages moutonneux qui déclinent à la fin du jour tout un camaïeu de mauves et de cuivres.

Image même de l'abondance et de la sérénité, débordant de bons légumes jusqu'au cœur des allées, le potager s'endort au bruit des premières grosses gouttes ricochant sur les feuilles de chou...

Octobre

Travaux du jardin

1re quinzaine

Au potager

- Semez les fèves en pleine terre (climat doux).
- Plantez en pleine terre ou sous abri : choux-fleurs, choux pommés de printemps, laitues.
- Faites blanchir les cardons.
- Récoltez les haricots secs lorsque les feuilles sont presque toutes tombées.
- Rentrez les potirons et les courgettes.
- Blanchissez les chicorées (frisées et scaroles).
- Démarrez un compost avec les déchets du potager.

Au verger

- Traitez les arbres attaqués par la moniliose dès la chute des feuilles avec de la bouillie bordelaise.
- Commencez les cueillettes.

Au jardin d'ornement

- Plantez les bulbes de printemps (narcisses, tulipes, jonquilles…).
- Plantez les vivaces.
- Nettoyez les bassins et curez les mares.

lundi **30**

mardi **1**

11h28

mercredi **2**

ND 13h51

Apogée 21h38

jeudi **3**

vendredi **4**

samedi **5**

07h52

dimanche **6**

Octobre

BOUILLON JAPONAIS AU CHOU 'MIZUNA' POUR 4

- Émincez finement un oignon, une gousse d'ail, 2 petites carottes et 2 blancs de poireaux. Faites-les revenir dans 4 c. à soupe d'huile au choix, puis ajoutez une petite boîte de thon blanc (environ 120 g) bien égoutté.
- Salez, ajoutez 2 branches de céleri émincées, une feuille de laurier, un clou de girofle et 1,5 l d'eau. Laissez mijoter pendant 15 min, puis ajoutez environ 300 g de chou 'Mizuna' assez finement émincé, un trait de shoyu, et laissez cuire 2 min de plus.
- Vous pouvez ajouter des nouilles (de riz, de sarrasin ou de blé) dans la soupe, mais dans ce cas, pensez à mettre un peu plus d'eau. Sinon, elles boiront le bouillon à votre place !
- Parsemez généreusement d'amandes effilées et faites cuire 25 min.

Octobre Semaine 41

02h18

05h34

16h45

16h16

lundi **7**

mardi **8**

mercredi **9**

jeudi **10**

vendredi **11**

samedi **12**

dimanche **13**

Octobre

TRAVAUX DU JARDIN

2E QUINZAINE

Au potager

- Semez en pleine terre : fèves et pois.
- Plantez en pleine terre ou sous abri : ail, choux pommés, échalotes, laitues, oignons blancs.
- Faites blanchir les chicorées (frisées et scaroles).
- Terminez de rentrer les potirons et les courgettes.

Au verger

- Traitez les groseilliers, cassis, framboisiers… avec un produit à base de cuivre ou de la décoction de prêle.
- Ramassez et éliminez les feuilles dès leur chute, surtout en cas de maladie.

Au jardin d'ornement

- Repiquez les bisannuelles.
- Mettez en place des abris pour les insectes auxiliaires.

Octobre Semaine 42

lundi
14

13h54

mardi
15

NA 09h05

mercredi
16

Périgée 02h50

21h44

jeudi
17

vendredi
18

15h39

samedi
19

dimanche
20

TOPINAMBOURS AUX NOIX POUR 4

- Brossez sous l'eau 1 kg de topinambours (je n'ai pas la patience de les éplucher...), puis découpez-les en gros morceaux.
- Faites fondre 70 g de beurre dans une large poêle, ajoutez les topinambours, salez et laissez cuire en mélangeant de temps en temps, jusqu'à ce qu'ils soient bien tendres et légèrement dorés.
- Parallèlement, faites légèrement toaster 70 g de cerneaux de noix à la poêle sèche.
- En fin de cuisson, ajoutez aux topinambours une gousse d'ail, du persil haché et un peu de poivre, puis laissez cuire 3 à 5 min de plus. Servez en parsemant de cerneaux de noix croquants.

lundi
21

17h01

mardi
22

mercredi
23

02h29

jeudi
24

16h20

vendredi
25

samedi
26

dimanche
27

Heure d'hiver

Au revoir, « belle » saison

Le jardin sent bon la terre mouillée, l'humus et le feu de cheminée.

Délestés de leur feuillage, les fruitiers laissent filtrer la glorieuse lumière des fins d'après-midi de novembre, où règne encore un peu de cette douceur de l'automne.

Le froid se fait toutefois plus piquant et les derniers poivrons, tomates et courgettes, épargnés jusque-là, n'offrent plus que quelques témoignages, fantomatiques et momifiés, des agapes de l'été passé... Mais qu'à cela ne tienne ! Les paniers de récolte sont bien trop lourds pour que je puisse succomber à la tentation de m'en désoler : les blettes se cueillent par brassées démesurées, les salades par deux ou trois pour garnir le plus imposant de mes saladiers, et de grosses têtes de romanesco remontent vers la cuisine dans l'espoir qu'un peu d'huile d'olive, quelques œufs et du parmesan les métamorphoseront en un savoureux soufflé qui fait chaque automne nos délices.

Sur le poêle allumé, une cocotte en fonte mitonne à petit feu une potée de jambonneau à l'épeautre pour le lendemain, accueillant une garniture très aromatique de céleris, carottes, persils tubéreux, panais, oignons et poireaux du jardin.

Au garde-à-vous dans leur beau costume bleu-gris, ces derniers me forment comme une haie d'honneur à hauteur de bottes lorsque je viens fièrement passer mes légumes en revue. Pas une planche inutile, tout est semé, planté, fin prêt à affronter l'hiver mon capitaine !

Quelle satisfaction... combien de promesses pour les bonnes soupes et potées à venir...

Dans les massifs qui s'endorment doucement, les asters et orpins bourdonnent encore de vie. Déjà, les dahlias sont à la cave, entre les pommes de terre, pommes, noix et châtaignes qui forment notre petite réserve « d'écureuils ».

Quant aux céleris-raves, panais, persils tubéreux, betteraves et carottes, ils resteront en terre tout l'hiver, bien à l'abri dans ce sol qui ne se gorge jamais totalement d'eau, et tirant à eux une petite courtepointe moelleuse en foin, souvenir des paillages de l'été passé...

Novembre

Travaux du jardin

1re quinzaine

Au potager
- Semez fèves et pois en pleine terre (climat doux).
- Plantez laitues et choux pommés.
- Bêchez les sols argileux.
- Brassez le compost pour l'aérer avant l'hiver.

Au verger
- Commencez à nettoyer et à installer les nichoirs.
- Préparez les trous de plantation.
- Finissez de ramasser les feuilles mortes.

Au jardin d'ornement
- Rentrez les bulbes et les tubercules sensibles au froid (dahlias…).
- Hivernez les plantes gélives.
- Faites une dernière tonte de gazon, lame en position haute.

Repères phénologiques
Chute des feuilles mortes : repos vegetatif.

16h38

lundi
28

ND 18h43

Apogée 23h50

mardi
29

mercredi
30

jeudi
31

12h52

vendredi
1

Toussaint

samedi
2

07h01

dimanche
3

Novembre

PICKLES DE TOMATES CERISES VERTES POUR 3 BOCAUX DE 1 L

- Portez 1 l de vinaigre de cidre à ébullition.
- Pendant ce temps, remplissez 3 bocaux de 1 l avec des tomates cerises vertes (préalablement équeutées et lavées), en alternant avec une feuille de laurier, 3 petits oignons et plusieurs tours de moulin à poivre 5 baies par bocal. Versez le vinaigre chaud, vissez les couvercles, rangez à la cave… et laissez mariner pendant au moins un mois avant de savourer.

lundi
4

10h11

mardi
5

mercredi
6

jeudi
7

22h12

vendredi
8

samedi
9

23h13

dimanche
10

Novembre

TRAVAUX DU JARDIN

2E QUINZAINE

Au potager
- Apportez du compost sur les parcelles nues.
- Paillez le jardin pour le protéger du froid.

Au verger
- Commencez les plantations d'arbres et d'arbustes.
- Nettoyez les troncs des fruitiers, ôtez lichens et mousses.

Au jardin d'ornement
- Paillez les massifs à l'aide de feuilles mortes.
- Commencez les plantations de rosiers.

22h10

lundi
11

Armistice 1918

mardi
12

NA 16h58

mercredi
13

07h44

jeudi
14

Périgée 12h15

vendredi
15

01h43

samedi
16

dimanche
17

TARTE AUX POMMES SUPER RAPIDE POUR 8

- Préchauffez le four à 180 °C (à chaleur tournante).
- Tranchez environ 800 g de pommes au robot (entre 4 et 5 mm d'épaisseur).
- Faites fondre 150 g d'huile de coco.
- Mettez 350 g de farine dans un saladier avec une grosse pincée de fleur de sel, 60 g de sucre brun (muscovado ou coco), un sachet de sucre vanillé, 1 c. à café un peu bombée de cannelle et 1 c. à café rase de quatre épices. Mélangez, ajoutez d'un coup l'huile de coco fondue et 7 cl de jus de pomme, puis pétrissez le minimum pour obtenir une pâte homogène.
- Étalez la pâte sur une plaque de cuisson bien farinée, en formant un disque d'environ 35 cm. Garnissez avec les pommes, saupoudrez avec un sachet de sucre vanillé et un petit peu de cannelle. Rabattez les bords de la pâte sur les pommes (pour que le jus ne se sauve pas trop à la cuisson). Enfournez pour 30 min assez bas dans le four.

01h35

10h08

23h07

23h38

lundi
18

mardi
19

mercredi
20

jeudi
21

vendredi
22

samedi
23

dimanche
24

Novembre

NOTES

Novembre Semaine 48

ND 22h32

lundi
25

Apogée 12h55

mardi
26

mercredi
27

19h44

jeudi
28

vendredi
29

13h33

samedi
30

dimanche
1

Un potager d'hiver bien garni !

Une année de plus s'achève au jardin.

Je suis remplie de gratitude pour la beauté des saisons, pour tout ce grand air qui a empli mes poumons, ces chants d'oiseaux et ces bourdonnements qui ont réjoui mon cœur, ce fol enthousiasme à voir pousser et prospérer tant de belles et bonnes choses.

Légumes et fruits du jardin ont nourri nos corps tout au long de l'année, et aussi un peu nos âmes tant il est satisfaisant de produire soi-même, en renouvelant des gestes presque aussi ancestraux que l'humanité, cette nourriture saine et goûteuse qui nous fait tant de bien...

Dans le silence ouaté de décembre, quelques flocons tournoient légèrement avant de se déposer dans mon panier. Débordant de mâche et d'épinards, il rejoindra dans la brouette les laitues d'hiver, chicorées, carottes, betteraves, céleris, poireaux, blettes, cardons, choux divers et légumes-racines prêts à s'acheminer vers la maison en prévision d'une importante chute de neige. Cela nous évitera de devoir les chercher, tels des chiens d'avalanche, en grattant à l'aveuglette sous le manteau blanc...

Je secoue mes bottes et pose mes moufles mouillées sur le radiateur.

Bien au chaud dans la maison, humant le bon parfum de la soupe du jardin, je me perds maintenant dans la contemplation des catalogues de graines. Ces visions de poivrons et de tomates me transportent dans des souvenirs qui semblent étrangement lointains, au temps des chapeaux de paille et du chant de la cigale, dans un potager intensément baigné de soleil... mais décembre me charme tout autant avec sa douce sérénité, son temps qui se suspend quelque peu, ses petites loupiotes dorées allumées le soir autour de la crèche et du sapin.

Derrière la vitre aux coins givrés, je surveille la maison des oiseaux. Visitée à longueur de jour par la mésange, le rouge-gorge ou le pinson des arbres, elle forme un premier plan toujours joyeux et coloré tandis qu'à peine plus loin, le potager paraît se perdre dans la brume.

Au revoir petit jardin de mon cœur, repose-toi bien. Je te visiterai de temps en temps sur la pointe des pieds pour cueillir quelques légumes sans te réveiller, et puis nous nous retrouverons au printemps, plus complices que jamais, pour vivre la suite de notre belle aventure...

Décembre

TRAVAUX DU JARDIN

1re QUINZAINE

Au potager

- Finissez de bêcher les sols argileux.
- Protégez les légumes-racines laissés en place avec de la paille ou des feuilles.
- Broyez les différents déchets du jardin accumulés et stockez-les pour équilibrer votre compost la saison prochaine.

Au verger

- Commencez à badigeonner les troncs.

Au jardin d'ornement

- Dès qu'un grand froid s'annonce, protégez vos plantes sensibles avec un épais paillis ou un voile d'hivernage.

Décembre Semaine **49**

16h07

lundi
2

mardi
3

mercredi
4

03h40

jeudi
5

vendredi
6

05h05

samedi
7

dimanche
8

Décembre

RAGOÛT DE CARDONS POUR 4

- Préparez environ 1,5 kg de cardons : enlevez les feuilles (elles ne se consomment pas), pelez les tiges, retirez le maximum de longues fibres (comme lorsqu'on prépare de la rhubarbe), découpez en tronçons de 3 à 4 cm. Faites bouillir 20 min à l'eau salée, puis égouttez.
- Pendant ce temps, faites revenir 2 gros oignons émincés finement dans 4 c. à soupe d'huile d'olive. Quand les oignons commencent à dorer, ajoutez 800 g de pommes de terre découpées en cubes, 350 g de carottes en rondelles et 100 g de jambon cru coupé en lardons. Quand tout est bien cuit, ajoutez les cardons blanchis, du persil haché et 3 gousses d'ail écrasées. Laissez cuire 1 ou 2 min supplémentaires avant de savourer.

04h19

NA 20h36

lundi **9**

mardi **10**

16h45

mercredi **11**

Périgée 14h20

jeudi **12**

11h50

vendredi **13**

samedi **14**

dimanche **15**

Décembre

TRAVAUX DU JARDIN

2E QUINZAINE

Au potager
- Triez vos graines.
- Nettoyez vos pots et votre serre.
- Surveillez les légumes en conservation.
- Nettoyez vos outils et leurs manches.
- Vidangez et rangez le matériel d'arrosage.

Au verger
- Éliminez le gui.

Au jardin d'ornement
- Rentrez les pots en terre pour qu'ils n'éclatent pas.
- Feuilletez les catalogues pour dénicher raretés et nouveautés.

12h00

lundi **16**

20h06

mardi **17**

mercredi **18**

08h23

jeudi **19**

vendredi **20**

samedi **21**

Hiver

07h47

dimanche **22**

SOUFFLÉ AU CÉLERI-BRANCHE POUR 6

- Préchauffez le four à 180 °C (en chaleur statique).
- Émincez finement 700 g de céleri-branche (avec les feuilles) et faites-le bouillir 10 min dans de l'eau salée.
- Pendant ce temps, séparez les blancs des jaunes de 4 œufs.
- Quand le céleri est cuit, égouttez-le très soigneusement et mettez-le dans le bol d'un robot mixeur avec 100 g de parmesan, 125 g de farine, un sachet de poudre à lever, du poivre 5 baies, 20 cl de crème entière et les 4 jaunes d'œufs. Mixez jusqu'à obtention d'une pâte bien homogène.
- Montez les 4 blancs d'œufs en neige, puis incorporez-les dans le mélange du robot avec une spatule plate. Beurrez un moule de 9 à 10 cm de haut et de 21 cm de diamètre environ. Versez-y la préparation, puis enfournez pour 40 min à 180 °C, en chaleur statique.

ND 00h21

lundi
23

Apogée 08h24

mardi
24

mercredi
25

Noël

03h41

jeudi
26

vendredi
27

21h30

samedi
28

dimanche
29

23h40

Décembre

Notes

lundi
30

mardi
31

mercredi
1

Jour de l'an

jeudi
2

vendredi
3

samedi
4

dimanche
5

AIDE-MÉMOIRE

LE SECRET DE LA RÉUSSITE, DANS LA CONDUITE DE SON POTAGER ?

Une bonne organisation, des gestes faits en temps utile, un peu de technique aussi, et un sens de l'observation développé. En jardinage bio, la clé de voûte reste le soin apporté à entretenir une bonne terre de jardin (vive le compost !) et à aménager l'environnement des cultures. Cet aide-mémoire est une suite logique des pages de l'agenda, dans lesquelles vous notez jour après jour l'avancement de vos travaux.

Suivez le guide :

- **Comment aménager le potager ?** Organisez les rotations entre cultures, selon la famille à laquelle appartient chaque légume, ses exigences en compost…
- **Les clés de la fertilisation** : une bonne connaissance de son sol à partir des plantes indicatrices ; les différents fertilisants bio ; un bon compost ; les engrais verts.
- **Les principales techniques de cultures** : associations de légumes, arrosage, paillage.
- **Les soins aux plantes.**
- **Les récoltes et leur conservation.**

LES ROTATIONS AU POTAGER

C'est la succession des cultures dans le temps sur une même parcelle. Cultiver toujours le même légume au même endroit provoque en effet une fatigue du sol et son appauvrissement, ainsi que la multiplication des ravageurs et maladies propres à cette culture.

Voici quelques règles simples pour éviter ces inconvénients.

- **Certaines cultures ne doivent revenir au même endroit qu'après 4 ou 5 ans,** en particulier les bulbes (ail, échalote, oignon, poireau), les choux et les pois. Même chose pour les cultures à cycle végétatif long – asperge, artichaut, fraisier, raifort – et celles qui développent des maladies. Par contre, les salades, les radis et les épinards peuvent s'intercaler à tous les stades des rotations, là où il y a de la place.
- **Évitez de faire se succéder des plantes développant les mêmes organes** : racine ou tubercule, feuille, fleur ou fruit.
- **Évitez le retour trop fréquent de légumes appartenant à la même famille botanique** (voir page ci-contre).
- **Tenez compte des exigences des légumes en compost** en évitant de faire se succéder des plantes épuisantes ou en évitant d'installer un légume ne nécessitant pas d'apport après une culture qui laisse un important reliquat de fumure (voir tableau, page ci-contre).

À quelle famille appartient ce légume ?

Il faut éviter le retour trop fréquent, sur une même parcelle, de légumes appartenant à la même famille botanique (cela favorise les parasites et la fatigue du sol). C'est une des règles des rotations.

Alliacées
- Ail, ciboulette, échalote, oignon, poireau.

Amarantacées
- Épinard.

Apiacées
- Aneth, carotte, céleri, cerfeuil, coriandre, fenouil, panais, persil.

Astéracées
- Artichaut, cardon, chicorée, estragon, laitue, pissenlit, salsifis, scorsonère, topinambour.

Brassicacées
- Choux (toutes espèces), cresson, moutarde, navet, radis, roquette.

Chénopodiacées
- Arroche, betterave, poirée (ou bette).

Cucurbitacées
- Concombre, courge, pastèque, potiron, melon.

Fabacées (ou Légumineuses)
- Fève, haricot, lentille, luzerne, pois, soja, trèfle, vesce.

Lamiacées
- Crosne, thym.

Liliacées
- Asperge.

Solanacées
- Aubergine, pomme de terre, poivron, piment, tomate.

Autres
- Fraisier, mâche, maïs, oseille, phacélie, pourpier, seigle, tétragone.

Exigence des légumes en compost

Apport nul ou faible	Apport moyen (– de 300 kg/100 m²)	Apport important (+ de 300 kg/100 m²)
ail, chou de Bruxelles, fève, échalote, haricot (*), mâche, navet, oignon, pois (*), radis	asperge, bette, betterave (*), carotte (*), chicorées (*), laitue (*), panais (*), pissenlit (*), salsifis (*), scorsonère (*)	artichaut, aubergine, céleri (*), chou (*), concombre, cornichon, courges, potiron, épinard (*), fenouil, fraisier, maïs, melon, poireau, poivron, pomme de terre, tomate

(*) Apport de compost mûr (bien décomposé). Dans les autres cas : apport de compost demi-mûr possible.
NB – Une brouette contient environ 40 kilos de compost.

Les matériaux pour le compost

Matériaux pauvres en carbone et riches en azote	Matériaux de composition idéale (carbone/azote = 25-30)	Matériaux riches en carbone et pauvres en azote
- engrais verts jeunes - foin de légumineuses - déjections animales - déchets domestiques (épluchures, restes...) - tontes de gazon - consoude - fumier décomposé - fanes de tomates - choux - algues marines (vertes ou brunes)	- feuilles d'aulne - feuilles de frêne - fumier (avec litière) - marc de café - fanes de pomme de terre	- paille de maïs - paille de colza - paille de blé - sciure de bois - papier - tourbe - feuilles de chêne - feuilles de bouleau - feuilles d'érable

Le secret du compostage consiste à utiliser des matériaux de la colonne centrale et/ou un mélange de matériaux des colonnes de droite et de gauche.

Richesse des engrais et des amendements en azote, phosphore et potassium

	Azote (N) %	Phosphore (P205) %	Potassium (K20) %
Poudre de corne	10-15	1	0,75
Laine	10-12	-	-
Poils, crins, plumes	5	-	0,75
Marc de pomme	1,2	0,5	0,7
Marc de raisin	0,7	0,2	0,5
Vase d'étang	0,2	0,2	0,4
Algues (varechs)	0,5-1,5	0,3	0,5-1,5
Tourteaux	3-6	2	1
Fumier de cheval	0,6	0,25	0,6
Fumier de bovin	0,3	0,15	0,4
Fumier de mouton	0,8	0,2	0,7
Fumier de porc	0,45	0,2	0,6
Fumier mixte décomposé	0,6	0,3	0,5
Fiente de poule, de pigeon, de canard	3-6	1,5	0,2
Scories Thomas	-	15-20	-
Phosphates naturels (Gafsa)	-	30	-
Phospal	-	30	-
Patentkali	-	-	30
Cendre de bois	-	3-10	10-30

LES ENGRAIS VERTS AU JARDIN

Plante utilisée	Semis	Enfouissement	Dose de semis (g/100 m2)	Remarques
Épinard	printemps ou automne	printemps, été, automne	500	aussi en culture intercalaire
Vesce + avoine	mars	juin	1 000 + 800	aucune
Pois + avoine	mars	juin	1 200 + 800	aucune
Moutarde	mars à août	juin à novembre	150	supporte les sols calcaires
Phacélie	mars à août	juin à novembre	150	plante très mellifère
Trèfle blanc	avril	automne	40-80	aucune
Trèfle violet	avril	automne	200	aucune
Trèfle d'Alexandrie	été	automne	300	climats chauds
Lupin	été	automne	2 000	sols siliceux et pauvres
Radis chinois	juillet/août	automne	200	aucune
Sarrasin	juillet/août	automne	500	grand pouvoir désherbant
Trèfle incarnat	août	printemps	250	sols siliceux
Seigle	septembre/octobre	printemps	2 000	étouffe certaines mauvaises herbes (chiendent, etc.)
Vesce d'hiver + seigle	septembre/octobre	printemps	500 + 600	aucune

Graines d'engrais verts disponibles chez Magellan, Nutrisol, Profertyl (voir « Adresses utiles » p. 157).

PLANTES INDICATRICES DU SOL

La présence de plusieurs de ces plantes dans votre jardin ou à proximité peut vous renseigner sur la nature de votre sol.

• Sol riche en matière organique ou en azote :
Séneçon des jardins
Pâturin annuel
Mouron des oiseaux
Véronique
Mercuriale annuelle
Petite ortie
Amarante
Pourpier

• Sol acide :
Petite oseille
Ravenelle
Chrysanthème des moissons
Digitale pourpre
Châtaignier
Ajonc
Bruyère cendrée
Fougère aigle
Genêt à balai

• Sol calcaire :
Hellébore fétide
Sauge des prés
Cerisier Mahaleb
Sainfoin
Viorne flexible

• Sol argilo-calcaire :
Sureau yèble
Chicorée sauvage
Orme champêtre

• Sol frais :
Consoude officinale
Renoncule rampante
Houblon
Reine-des-prés
Cardamine des prés

• Sous-sol compact :
Liseron
Chardon

ASSOCIATIONS DE LÉGUMES

Légumes	Voisinage favorable avec...	Voisinage défavorable avec...
Ail	chicorée, pissenlit, fraisier, tomate	artichaut, asperge, choux, haricot, pois, pomme de terre
Asperge	persil, poireau, pois, concombre, cornichon, tomate	ail, bette, betterave, chicorée, oignon
Aubergine	tagète	pomme de terre, oignon
Betterave	céleri, laitue	asperge, épinard, poireau, tomate
Carotte	betterave, échalote, haricot, laitue, oignon, panais, poireau, pois, radis, salsifis	maïs, bette
Céleri	betterave, choux, concombre, cornichon, haricot, poireau, pois, tomate	maïs, persil, laitue
Chicorées	épinard, roquette	asperge, choux
Choux	betterave, céleri, concombre, cornichon, haricot, laitue, pois, pomme de terre, tomate, épinard, salsifis	chicorées, courgette, fenouil, fraisier, mâche, maïs, poireau, radis, piment
Concombre, cornichon	céleri, choux, haricot, laitue, pois, asperge, oignon	pomme de terre, tomate, radis
Courge, potiron	choux, laitue, maïs, pomme de terre	fenouil, radis
Échalote	carotte	haricot, pois, choux
Épinard	artichaut, fraisier, haricot, radis, choux, navet, pomme de terre, tomate	Ø
Fenouil	céleri-rave, poireau	choux, concombre, épinard, haricot, navet, panais, tomate
Fève	choux, laitue, pomme de terre	oignon
Fraisier	oignon, ail, poireau	choux
Haricot	concombre, carotte, céleri, choux, épinard, laitue, maïs, pomme de terre	ail, courgette, échalote, fenouil, oignon, poireau, pois
Laitue	betterave, carotte, choux, fève, haricot, melon, navet, oignon, poireau, pois, radis, tomate	persil, céleri
Mâche	fraisier, poireau	amarante
Maïs	betterave, courge, haricot, potiron, tomate, pois	laitue, oignon
Navet	chicorée sauvage, épinard, fraisier	chicorées frisées et scaroles
Oignon	carotte, laitue, panais, mâche, radis	haricot, pois
Panais	betterave, chou-rave, oignon blanc, radis	fenouil, laitue
Persil	asperge, tomate, oignon	pois, laitue, poireau, céleri
Poireau	artichaut, asperge, carotte, céleri, fenouil, laitue, mâche, tomate	bette, choux, betterave, haricot, persil, pois
Pois	asperge, carotte, céleri, choux, concombre, cornichon, laitue, navet, radis, pomme de terre	ail, échalote, oignon, persil, poireau
Pomme de terre	céleri, choux, courge, épinard, fève, haricot, pois, potiron, radis	maïs, tomate
Radis	carotte, concombre, épinard, haricot, laitue, oignon, pois, tomate	choux
Salsifis	carotte, épinard, oignon, poireau	Ø
Tomate	choux, œillet d'inde	pomme de terre

L'ARROSAGE

Besoins en eau

- Quelques légumes supportent bien une absence d'arrosage : ail, oignon, échalote, pomme de terre, asperge, topinambour, sauf en régions chaudes si l'été est très sec.
- À l'opposé, les légumes à grande surface foliaire et à développement rapide sont très exigeants en eau : courges, potirons, melons, salades, tomates, aubergines, piments, céleris, choux.
- Les périodes critiques où il faut éviter le manque d'eau : les semis, la floraison, le début de la formation des tubercules, des racines et des fruits.

Quand arroser ?

- Évitez d'arroser en pleine chaleur : une grande partie de l'eau va s'évaporer.
- Arrosez tôt le matin si vous craignez le développement des maladies cryptogamiques et si les nuits sont fraîches.
- Arrosez en fin de journée au pied des plantes pendant les périodes chaudes, pour limiter au maximum les pertes par évaporation.
- N'arrosez pas trop souvent mais abondamment.

Avec quelle eau ?

- L'eau de pluie récupérée de vos toitures et stockée dans un bassin, une mare ou de grands récipients est celle qui convient le mieux : elle n'est ni trop froide ni polluée et ne coûte rien.
- Économisez l'eau du robinet. Elle est souvent trop froide, chlorée.. et de plus en plus chère.

Comment arroser ?

- D'une manière générale, il vaut mieux arroser les légumes au pied. L'aspersion convient aux salades et aux choux mais elle favorise les mauvaises herbes, les limaces et consomme beaucoup d'eau.
- L'arrosoir reste l'outil le plus souple et le plus précis, irremplaçable si vous souhaitez apporter en plus des purins fertilisants (ortie, consoude, etc.). Arrosez les semis à la pomme et les plantes sensibles aux maladies au goulot.
- En sol peu perméable et avec une légère pente, arrosez par gravité dans des rigoles.
- Pour les planches tout en longueur, le tuyau microporeux est très pratique.

LE PAILLAGE

Le paillage maintient l'humidité du sol en été et limite le développement des herbes indésirables, tout en apportant de l'humus. Utilisez de préférence les déchets du jardin, de la paille ou des matériaux du commerce (paillettes de lin ou de chanvre, coquilles de fèves de cacao, écorces de pin, films biodégradables à base d'amidon ou de papier).

Quoi ?	**Où ?**	**Conditions d'utilisation**
Tontes de pelouse	Potager	Faire sécher quelques jours et épandre moins de 3 cm d'épaisseur ; riches en azote.
Feuilles mortes	Arbres, arbustes, haies	Attention au vent. Décomposition lente. 5 cm d'épaisseur.
Jeunes branches broyées	Verger et potager, sauf jeunes semis et plantations	3 cm d'épaisseur. Ne pas broyer de branches mortes ou malades.

DES PLANTES POUR SOIGNER LES PLANTES

Voici les principales plantes que vous pouvez utiliser pour fortifier et protéger vos légumes et vos fruits. On distingue quatre types de préparation.

- Macération : faites tremper 24 à 48 heures, puis filtrez. S'utilise non diluée.
- Purin, ou extrait fermenté : faites fermenter dans de l'eau, puis filtrez ; brassez chaque jour. Soutirez dès qu'il n'y a plus fermentation. S'utilise à différentes dilutions.
- Infusion : jetez dans l'eau bouillante, couvrez et laissez infuser 24 heures. S'utilise non diluée.
- Décoction : laissez tremper 24 heures.

Faites bouillir 20 minutes, couvrez et laissez refroidir. S'utilise à différentes dilutions.
Dans tous les cas, préférer l'eau de pluie à celle du robinet. Seul le purin peut se conserver, après filtration, en bidons et en cave. Les autres préparations doivent être utilisées dans les jours qui suivent.

Espèces	Préparation	Dilution	Utilisation
Absinthe *(Artemisia absinthium)*	• **Purin** : 2 à 3 kg de plante fraîche (200-300 g de plante séchée) dans 10 litres d'eau. 10 jours. Filtrez.	non dilué	Fourmis, pucerons, chenilles, mollusques au printemps.
	• **Décoction**	non diluée	Mouche du chou, carpocapse de la pomme au moment des vols.
Ail	• **Infusion** : 70 à 80 g de gousses d'ail non épluchées et écrasées pour 10 litres d'eau. (Ou bien 40 g d'ail et 650 g d'oignons.)	non diluée	Acariens, pucerons et maladies cryptogamiques sur plantes et au sol début mai 3 fois à 3 jours d'intervalle.
	• **Macération** : 1 grosse tête d'ail écrasée, 2 jours dans 10 litres d'eau. Filtrer.	non diluée	Prévient le mildiou et la rouille.
Consoude Feuilles et tiges	• **Purin** de 2 semaines : récipient rempli de consoude. Mettez une pierre et couvrez d'eau.	1/6 à 1/20	En arrosages réguliers comme engrais. Feuilles utilisables en mulch fertilisant. Favorise développement et maturation sur toutes cultures et particulièrement les plantes « fruits ».
Fougère (Fougère mâle ou fougère aigle)	• **Purin** : 1 kg de feuilles fraîches ou 100 g de sèches dans 10 litres d'eau. Filtrez.	non dilué	Pulvérisez sur pucerons et limaces, contre les pucerons lanigères et les cochenilles en traitement d'hiver.
Ortie *(Urtica dioica, Urtica urens)*	• **Purin** : 1 kg de plante fraîche dans 10 litres d'eau (ou 200 g de plante sèche) au moins 10 jours.	1/10 à 1/20	En arrosage, stimule la croissance pour toutes cultures et jeunes plants. Arrosez les sillons avant les semis.
Prêle des champs *(Equisetum arvense)*	• **Décoction** : 500 g de plante sèche pour 10 litres d'eau.	1/5	Pulvérisez plusieurs fois en fin de printemps et en été contre les maladies cryptogamiques : oïdium, mildiou, moniliose, rouille, tavelure, cloque, septoriose...
	• **Extrait fermenté** : 200 g pour 10 litres.	1/20	Même usage que la décoction.
Tanaisie *(Tanacetum vulgare)*	• **Infusion** : 300 g de feuilles, tiges et fleurs fraîches pour 10 litres d'eau ou 30 g de plante sèche.	non diluée	Pulvérisez contre de nombreux insectes : pucerons, fourmis, noctuelles, altises.
	• **Décoction** : mêmes quantités.	non diluée	Pulvérisez contre noctuelles, piérides, altises et pucerons.

Pour en savoir plus :
- B. Lapouge-Déjean et S. Lapouge, *Je prépare mes potions pour le jardin*, Terre vivante, 2021.
- *Le Guide Terre vivante des maladies et ravageurs au potager bio* (collectif), 2017.
– Jean-Paul Thorez, *Pucerons, mildiou, limaces*, Terre Vivante, 2008.

Autres traitements au jardin

Ces interventions ne sont à considérer que comme un complément à de bonnes pratiques de jardinage : travail correct du sol, choix de plantes adaptées, aménagements du jardin (accueil des auxiliaires...).

Contre les ravageurs

- **Pyrèthre** : insecticide végétal, efficace contre pucerons, doryphores... S'utilise en pulvérisation.
- **Savon noir** : contre pucerons. En pulvérisation. Dose : 15 g/l. Commencez par diluer le savon dans un peu d'eau tiède puis complétez.
- ***Bacillus thuringiensis*** : contre chenilles (piérides, noctuelles...). En pulvérisation dès l'apparition des ravageurs.
- **Huiles blanches** (paraffine ou colza) : contre les formes hivernantes de pucerons, cochenilles, acariens... Utilisées principalement en hiver, en pulvérisation sur les arbres fruitiers et ornementaux.
- **Pièges** : différents modèles contre aleurodes (serre, véranda), mouche de la cerise, carpocapse.

Contre les maladies

- **Soufre** :
  - contre l'oïdium (courges, concombre, cornichon, melon...) : fleur de soufre en poudrage sur le sol, comptez 25 g par m^2 ;
  - contre l'oïdium (vigne) : soufre mouillable en pulvérisation (7,5 g/l).
- **Cuivre** : plusieurs formulations existent : bouillie bordelaise (dose : 20 % de cuivre métal), oxychlorure de cuivre (50 % de cuivre métal), hydroxyde de cuivre (50 % de cuivre métal). Ce dernier a une action choc.
  - **contre le mildiou (tomate, pomme de terre)** : bouillie bordelaise (2 g/l), tous les 7 jours, à renouveler en cas de pluie ;
  - **contre la moniliose (abricotier, cerisier, prunier...)** : bouillie bordelaise (12 g/l), oxychlorure de cuivre (5 g/l) ;
  - **contre la tavelure (pommier)** : bouillie bordelaise (12 g/l), au débourrement (printemps) et à la chute des feuilles (automne).

Un badigeon pour les arbres

Le badigeonnage des troncs et du départ des charpentières nourrit l'écorce, participe à la lutte contre certains parasites et maladies (cochenilles, moniliose, etc.), inhibe le développement des mousses et des lichens, protège du gel...

Recette du badigeon

• 5 kg d'argile • 3 kg de bouse de vache • 500 g de poudre de roche ou de lithothamne
• ½ litre de décoction de prêle ou de silicate de soude • 500 g de cendre de bois
Mélangez les ingrédients dans 10 litres d'eau chaude. L'application se fait au pinceau en novembre ou encore fin février, lorsqu'il ne gèle pas, après avoir éliminé à la brosse mousses et lichens.

Variantes

• Si vous avez beaucoup de mousse, ajoutez du permanganate de potassium (50 g pour 10 litres). • Si vous avez beaucoup de lichen, ajoutez du sulfate de fer (50 g pour 10 litres).
• Pour éviter le craquèlement du badigeon, ajoutez 0,5 à 1 litre d'huile végétale ou de paraffine pour 10 litres d'eau.

OÙ ET COMMENT CONSERVER VOS LÉGUMES

Légumes	Lieu ou mode de conservation	Précautions particulières et observations
Ail	Grenier	Récoltez à maturité complète, laissez bien ressuyer.
Betterave rouge	Cave, silo ou lacto-fermentation	Couper le collet et le bout de la racine.
Carotte	Cave, silo ou en place	Idem.
Céleri-branche	Cave	Arrachez la motte. Conservation limitée à quelques semaines.
Céleri-rave	Cave ou silo	Coupez le collet et les racines.
Chicorée frisée	Cave ou sous châssis	Conservation limitée à quelques semaines.
Chou rouge	Cave ou sous châssis	Conservation limitée à 1 ou 2 mois.
Chou-fleur	Cave ou sous châssis	Conservation limitée à quelques semaines.
Chou pommé, frisé et de Bruxelles	En place	Aucune.
Concombre	Lacto-fermentation	Aucune.
Courge	Local sec à l'abri du gel	Dans les climats froids et humides, une pièce habitée (et donc chauffée) est l'endroit qui convient le mieux.
Échalote	Grenier	Récoltez à maturité complète, laissez bien sécher.
Fève	Grenier	Attendez pour récolter que les cosses soient complètement desséchées.
Haricot	Grenier	Idem.
Laitue	En place (laitue d'hiver), sous châssis (laitue d'automne)	Sous châssis, la conservation est limitée, variable selon le climat.
Lentille	Grenier	Attendez pour récolter que les cosses soient complètement desséchées.
Mâche	En place	La mâche à grosses graines est moins résistante au froid que les autres variétés.
Maïs sucré	Cave	Conservation limitée à 1 ou 2 mois (maïs récolté avant maturité).
Navet	Cave ou silo	Coupez le collet et les racines.
Oignon	Grenier	Récoltez à maturité complète, laissez bien ressuyer.
Panais	En place ou en silo	Dans les climats froids, recouvrez le sol de paille ou de feuilles.
Pissenlit	En place	Aucune.
Poireau	En place	Dans les climats rigoureux, choisissez des variétés résistantes au froid ('Bleu de Solaise', par ex.).
Pomme de terre	Cave	Veillez à ce que les pommes de terre restent à l'obscurité.
Potiron	Local sec à l'abri du gel	Dans les climats froids et humides, une pièce habitée est l'endroit qui convient le mieux.
Radis noir	Cave ou silo	Coupez le collet et le bout de la racine.
Salsifis, scorsonère	En place	Aucune.
Soja	Grenier	Dans la mesure du possible, attendez pour récolter que les cosses soient bien desséchées.
Tomate	Local sec à l'abri du gel	Conservation limitée à 1 ou 2 mois (sauf tomates-cerises qui se gardent moins longtemps).
Topinambour	En place	Dans les climats froids, recouvrez le sol de paille ou de feuilles.

ADRESSES UTILES

Semences

Agrosemens
Z. A. du Verdalaï
105 rue du Chemin de fer – Peynier
13790 Rousset
Tél. 04 42 66 78 22
www.agrosemens.com
www.lasemencebio.com
Semences potagères bio.

Biau Germe (Le)
Le Garliet
47360 Montpezat
Tél. 05 53 95 95 04
www.biaugerme.com
Graines potagères et condimentaires de culture biologique et biodynamique, engrais verts, etc.

Bonne graine (La)
SARL LBG 49
36 rue de la Boulaie – Tigné
49540 Lys-Haut-Lyon
Tél. 02 41 51 79 93
www.labonnegraine.com
Semences de potagères, aromatiques, fleurs, plants de petits fruits, en partie bio.

Cycle en terre
131 rue de la Station
5370 Havelange
Belgique
Tél. 00 32 83 65 59 55
www.cycle-en-terre.be
Semences biologiques et reproductibles de légumes, aromatiques et fleurs.

Essem'bio
Lieu-dit La Revanche
32700 Lectoure
Tél. 05 62 28 55 14
www.essembio.com
Semences potagères biologiques et biodynamiques en VPC et Biocoops.

Perriol
Carré de jardin - Les Marrons
Espace économique AXE 7,
26140 Albon
Tél. 04 75 03 42 10
www.perriol.fr
Semences de pommes de terre bio.

Fabre Graines
21 rue des Drapiers
57083 Metz Cedex 3
Tél. 03 87 74 07 65
www.fabre-graines.com
Graines potagères, fourragères, de fleurs, engrais verts en partie bio.

Ferme de Sainte Marthe
7 rue Lavoisier - 49800 Loire-Authion
Tél. 02 41 44 11 77
www.fermedesaintemarthe.com
Graines en grande partie bio.

Germinance
1 chemin de la Rougerie - Soucelles
49140 Rives-du-Loir-en-Anjou
Tél. 02 41 82 73 23
www.germinance.com
Graines potagères, florales et aromatiques, engrais verts de culture biologique et biodynamique.

Graines Baumaux
2 Ferme du Château
88500 Mazirot
Tél. 03 29 43 00 00
www.graines-baumaux.fr
Large choix de variétés potagères inhabituelles, petite partie en bio.

Graines del Pais
16 rue de la Pompe
11240 Bellegarde-du-Razès
Tél. 04 68 69 81 79
www.grainesdelpais.com
Semences bio d'aromatiques, plantes florales et potagères.

Groupe de jardinage des fraternités ouvrières
58 rue Charles-Quint
B-7700 Mouscron
Belgique
Tél. 00 32 56 33 38 70
Groupement d'achat de semences et amendements pour jardins bio, arbres et arbustes, très large choix de variétés anciennes et oubliées.

Jardin de Sauveterre (Le)
6 Laboutant - 23220 Moutier-Malcard
Tél. 06 52 82 53 74
www.jardindesauveterre.com
Semences et plants de fleurs sauvages.

Jardin du Naturaliste (Le)
36 bis rue Dufour-Lebrun
60590 Talmontiers
Tél. 09 74 56 35 48
www.olivier-tranchard.fr
Semences et plants de fleurs sauvages.

Kokopelli
Forêt de Castagnès - Route de Sabarat
09290 Mas-d'Azil
Tél. 05 61 67 69 87
www.kokopelli-semences.fr
Énorme catalogue de graines bio, certifiées ou non, beaucoup de variétés rares.

Magellan
350 rue de la Muque
59830 Cysoing
Tél. 03 74 09 47 50
www.magellan-bio.fr
Semences potagères, condimentaires, d'engrais verts et de fleurs bio.

Phytosem
ZI La Plaine-de-Lachaup
05000 Gap
Tél. 04 92 53 94 37
www.phytosem.com
Semences de fleurs sauvages des Alpes et de Provence, mélanges pour pelouses fleuries.

Plantspotagers.com
Laumède
30440 Roquedur
Tél. 04 67 82 50 45
www.plantspotagers.fr
180 variétés et espèces biologiques.

Potager d'un curieux (Le)
La Molière
84400 Saignon
Tél. 04 90 74 00 53
lepotagerduncurieux.wordpress.com
Petite production écologique non certifiée de graines de légumes rares, plantes potagères et fleurs.

Sativa
Sativa Biosaatgut GmbH
Keltenweg 4
79798 Jestetten-Altenburg
Allemagne
Tél. +41 52 544 06 00
www.sativa-semencesbio.fr
Plus de 500 variétés de semences potagères, aromatiques et florales, bio et biodynamiques.

Semailles (Les)
Rue du Sabotier 16B
5340 Faulx-les-Tombes
Belgique
Tél. 00 32 81 57 02 97
www.semaille.com
Semences et plants bio et biodynamiques.

Semences du Puy
1 chemin Sainte-Catherine
43000 Le Puy-en-Velay
Tél. 04 71 02 72 40
www.semencesdupuy.com
Graines, arbres et arbustes des 5 continents.

PÉPINIÈRES

Alti-pep – Pépinière Altitude
Nermond
42920 Chalmazel-Jeansagnière
Tél. 0629062588
pepiniere-altitude.com
Variétés anciennes rustiques et d'altitude.

Arbreraie (L') – F. Commaille
Le chemin de Marcy
58800 Corbigny
Tél. 06 83 51 31 35
Plantes potagères et aromatiques en bio, pépinières d'arbres fruitiers, petits fruits, vivaces, arbres et arbustes ornementaux classiques, méconnus et rustiques, variétés anciennes et locales, paysagisme.

Aspeco, association des pépiniéristes collectionneurs
22400 Hénansal
Tél. 06 78 35 45 16
www.aspeco.net
Pour trouver facilement l'introuvable…

Atelier du végétal
La ferme miane
25 route du Libraire
24100 Bergerac
Tél. 05 53 57 62 15
www.atelierduvegetal.com
Plantes vivaces, aquatiques, graminées, collection de miscanthus.

Florama
3 bis route du Luy
64160 Bernadets
Tél. 06 31 93 07 45
www.florama.fr
Arbres rares.

Jardins de la Brande (Les)
24380 Fouleix
Tél. 06 85 41 39 62
Arbustes méconnus.

Jardins d'Ollivier (Les)
8 route nationale
91770 Saint-Vrain
Tél. 01 60 82 30 66
www.au-jardin-bio.com
Arbres fruitiers anciens et originaux, plantes vivaces, légumes anciens, petits fruitiers et fraisiers bio.

Jardivigne
89 avenue d'Agen
47110 Sainte-Livrade-sur-Lot
Tél. 05 53 01 30 80
www.jardivigne.com
Une cinquantaine de cépages de raisin de table en VPC.

Muigg Gunter
Les Landes
42810 Rozier-en-Donzy
Tél. 04 77 28 06 61
famillemuigg@gmail.com
Plants, légumes, carottes, choux, plantes aromatiques.

Payzons ferme
Rue des deux croix
56300 Neulliac
Tél. 02 97 39 65 03
www.payzonsferme.fr
Semences et plants de pommes de terre.

Pepin'Hier
200 impasse chantemerle
26150 Die
Tél. 04 75 21 28 91
www.pepin-hier.fr
Plants, légumes, variétés anciennes ou rustiques de plantes cultivées et de légumes.

Pépinière botanique
Château de Gaujacq
125 route de Bastennes
40330 Gaujacq
Tél. 05 58 89 06 62
www.pepiniere-botanique.com
Camélias, hydrangea, arbustes, grimpantes, vivaces : culture bio sans label.

Pépinières botaniques de la Preille
7 rue de la pépinière
Montreuil-Bonnin
86470 Boivre-La-Vallée
Tél. 05 49 57 86 61
www.lapreille.fr
Érables, chênes, arbustes rares…

Pépinière Bouet-Servat
D 618, 09800 Cescau
Tél. 05 61 96 84 95
Pépinière Bouet-Servat sur Facebook
Saxifrages, plantes pour rocailles de soleil et mi-ombre : culture bio sans label.

Pépinières Brochet-Lanvin
La Presle
51480 Nanteuil-la-Forêt
Tél. 03 26 59 43 39
www.pepiniere-brochetlanvin.com
Vivaces, arbustes, spécialité de plantes résistant au calcaire et au froid : culture sans pesticides ni herbicides.

Pépinières Chataignon-Vial
2000 route de grande communication
42740 Saint-Paul-en-Jarez
Tél. 04 77 20 97 22
www.pepiniereschataignon.fr
Fruitiers, châtaigniers greffés…

Pépinières Christophe Delay
Les Combes
38780 Estrablin
Tél. 04 74 57 14 42
christophedelay.pagesperso-orange.fr
Variétés anciennes et rustiques d'arbres fruitiers et rosiers de culture biologique, mention Nature et Progrès.

Pépinière Filippi
RD 613
Rond-point de Loupian
34140 MEZE
Tél. 04 67 43 88 69
www.jardin-sec.com
Plantes de terrains secs, pas de label bio mais une culture sans pesticide ni désherbant et le moins d'eau possible.

Pépinière Francia Thauvin
345 rue des pépinières
Domaine de Cornay
45590 Saint-Cyr-en-Val
Tél. 02 38 63 85 23
www.rosier-pepiniere.com
Rosiers anciens.

Pépinière du Grand Plantier
1107 route d'Uzès
30500 Saint-Ambroix
Tél. 04 66 24 82 82
www.pepinieredugrandplantier.com
Plantes à parfums, aromatiques, méditerranéennes ou originaires de l'Himalaya ou des plaines d'Europe Centrale.

Pépinière Grange
Chemin des terres rouges
30360 Vézénobres
Tél. 07 86 15 64 47
www.pepinieregrange.fr
Production de variétés anciennes et rustiques d'arbres fruitiers.

Pépinières La Hulotte
Kermunut
22200 Grâces-Guingamp
Tél. 06 81 98 31 40
Rosiers anciens, plantes grimpantes (clématites, jasmins, chèvrefeuilles…) et vivaces semi rustiques.

Pépinières Jean-Luc Delay
89 rue Pipet
38200 Vienne
Tél. 04 74 85 25 65
www.pepinieres-delay.com
Plantes d'ornement, plantes rares : culture bio sans label.

Pépinière du Lac des Joncs
Le Lac des Joncs
24580 Rouffignac-Saint-Cernin-de-Reilhac
Tél. 05 53 46 78 18
www.pepilacdesjoncs.com
Graminées ornementales et bambous.

Pépinière La Feuillade
Le Mazelet
30450 Genolhac
Tél. 04 66 61 15 92
www.lafeuillade.com
Arbres fruitiers, arbustes ornementaux variés, petits fruits : label bio Ecocert, orienté biodynamie.

Pépinières Lécuyer
1 rue des Charpentiers
Le Petit Veauville
76560 Héricourt-en-Caux
Tél. 02 35 96 52 21
Arbres et arbustes fruitiers en bio.

Pépinières Lemonnier
Les Écoulouettes
61250 Forges
Tél. 02 33 27 05 01
www.pepinieres-lemonnier.com
Plants forestiers, haies champêtres.

Pépinières Lepage bord de mer
Park Meur
Axe Lannion Trebeurden
22560 Pleumeur-Bodou
Tél. 02 96 47 27 64
www.pepiniere-bretagne.fr
Bambous, arbustes, hortensias, rosiers, vivaces...

Pépinières Lepage vivaces
Chemin du Portu
49130 Les-Ponts-de-Cé
Tél. 02 41 44 93 51
www.lepage-vivaces.com
Très large choix de vivaces, graminées, bruyères, fougères, condimentaires, aquatiques...

Pépinières Patrick Nicolas
8 sentier du Clos-Madame
92190 Meudon
Tél. 01 45 34 09 27
www.patricknicolas.fr
Plantes vivaces, arbustes d'ornement, petits fruits, etc. de culture biologique.

Pépinière Permafruit
La Coumeillo
11230 Tréziers
Tél. 07 80 33 24 81
www.permafruit.fr
Large choix d'espèces et de variétés résistantes d'arbres fruitiers et de petits fruits.

Pépinières Ribanjou
Zone Horticole du Rocher
Briollay
49125 Tiercé
Tél. 02 41 42 65 19
www.ribanjou.com
Tous arbustes à baies comestibles, petits fruits et haies avec large choix variétal, en culture bio.

Pépinière Spahl
Le Bousquet
32360 Jegun
Tél. 05 62 68 11 11
www.pepiniere-spahl.fr
Érables, osmanthus, chênes, spirées, viornes, plantes pour haies champêtres : culture bio sans label.

Romaric Horticulture
Chemin de la Larde - 38210 Tullins
Tél. 06 30 28 13 12
Plants, fleurs et plantes vivaces, fleurs et plantes annuelles, succulentes odorantes et carnivores.

Roseraie André Eve
301 route de Courcy - Gallerand
45170 Chilleurs au Bois
Tél. 02 38 30 01 30
www.roses-anciennes-eve.com
Le plus vaste choix de rosiers anciens.

Roseraie de l'abbaye de Valsaintes
Boulinette
04150 Simiane-La-Rotonde
Tél. 04 92 75 94 19
www.roseraie-abbaye.com
Rosiers soignés uniquement par homéopathie, aromathérapie. VPC mélanges d'huiles essentielles et de préparations homéopathiques.

Roseraie de Berty
07110 Largentière
Tél. 04 75 88 30 56
www.roseraie-de-berty.com
Roses anciennes en bio.

Senteurs du Quercy (Les)
Mas de Fraysse
46230 Escamps
Tél. 06 61 02 72 34
www.senteursduquercy.com
Plantes de sols secs et climat froid, iris, sauges.

Succulentes bio
30 Ancien chemin de Bompas
66000 Perpignan
Tél. 04 68 52 13 24
succulentesbio.blog4ever.com
Plants de cactées, plantes pour terrains secs.

Vialle Colette
07410 Pailhares
Tél. 04 75 06 04 05
vialleco@aol.com
Plants, arbres ou arbustes, plantes à massif annuelles.

Juliette et David Watson
Hameau de Caillens - 11140 RODOME
Tél. 06 87 93 38 88
www.larbreauxfruits.fr
Pépiniériste producteur de variétés anciennes et rustiques en agriculture biologique.

BIODIVERSITÉ

FIBL – Institut de recherche de l'agriculture biologique
Antenne France
Pôle bio – Écosite du Val de Drôme
26400 Eurre
Tél. 04 75 25 41 55
www.fibl.org
Une référence en Europe !

SEMAE - Interprofession des semences et plants
44 rue du Louvre - 75001 Paris
Tél. 01 42 33 51 12
www.gnis.fr
Organisme officiel chapeautant les différentes composantes du monde de la semence.

Grain'Avenir
Rue Pierre-Charignon
26750 Génissieux
Tél. 04 75 02 67 42
grainavenir.fr
Formation et accompagnement technique à la production de semences en agroécologie.

ITAB – Institut Technique de l'Agriculture Biologique
149 rue de Bercy
75595 Paris Cedex 12
Tél. 01 40 04 50 64
www.itab.asso.fr
Institut de recherche spécialisé dans le bio.

Musée départemental du Revermont
40 rue principale
Cuisiat
01370 Val-Revermont
Tél. 04 74 51 32 42
Verger-potager conservatoire des variétés locales de légumes et de fruits.

Nature & Progrès
13 boulevard Louis-Blanc
30100 Alès
Tél. 04 66 91 21 94
www.natureetprogres.org
Les véritables pionniers du bio en France.

OPASE - Croqueurs de carottes
Chez Le Biau Germe
Le Garliet
47360 Montpezat
www.croqueurs-de-carottes.org
Groupement de semenciers bio visant à préserver la diversité des variétés anciennes.

Réseau semences paysannes
10 place Clémenceau
47190 Aiguillon
Tél. 05 53 84 44 05
www.semencespaysannes.org
Organisme de défense des semences de ferme.

Savoirs de Terroirs
Le Pradel
07170 Mirabel
Tél. 04 75 35 88 50
savoirsdeterroirs.free.fr
Inventaire, sauvegarde, transmission, et valorisation des patrimoines et des savoir-faire ruraux : conservatoire de semences.

Plantes aquatiques

Alisma
1 rue Taurignan Castet
09160 Caumont
Tél. 05 61 66 77 63
www.alisma.fr

Jardin d'eau (Le)
102 Le Chauchix Rio
La Poterie
22400 Lamballe-Armor
Tél. 02 96 31 33 10
www.lejardindeau.com

Latour-Marliac
Le Bourg
47110 Le Temple-sur-Lot
Tél. 05 53 01 08 05
www.latour-marliac.com

Engrais et amendements

Angibaud
2013 route de Bédarieux
34500 Béziers
Tél. 04 67 31 27 64
www.angibaud.fr
Guano de poisson Guanumus, mention Nature et Progrès.

Biofertil
Domaine de Coutancie
24450 Saint-Priest-les-Fougères
Tél. 05 53 52 85 65
www.biofertil.fr
Fumier de bovins composté mention Nature & Progrès.

CP Jardin
19 bis rue Eugène-Mascart
BP 74056, 59570 Bavay
Tél. 03 27 66 97 12
Large gamme d'engrais organiques, en jardinerie.

Fumeco-Lèze
La Tuilerie
09130 Artigat
Tél. 05 61 68 99 23
www.fumeco.fr
Amendements organiques, terreau, mention Nature et Progrès.

J3C AGRI
11 rue Louis Lépine
ZI d'Êtriché
49500 Segré en Anjou Bleu
Tél. 06 02 29 28 75
www.j3c-agri.com
Purins d'ortie, de prêle, de consoude et de fougère.

Magellan (déjà cité, voir Semences)
Large gamme d'engrais et d'amendements, poudre de roches, corne, os, plume, terreaux, etc.

Naturendie
215 avenue de la Roche-Parnale
ZI La Motte Longue
74130 Bonneville
www.naturendie.fr
Tél. 04 50 25 75 02
Engrais organiques, purins végétaux, mention Nature et Progrès.

Or Brun
146 route de Beauvoir
85160 Saint Jean de Monts
Tél. 02 51 58 28 26
www.or-brun.com
Large gamme de fertilisants organiques, en jardineries.

Osmobio
14 rue Lavergne
22600 Loudéac
Tél. 02 96 28 09 05
www.osmobio.com
Engrais et stimulants foliaires à base d'extraits d'algues brunes, mention Nature et Progrès.

Paysage Équipement
Route de la Grange aux cercles
7 rue des Bouleaux
91160 Ballanvilliers
Tél. 01 69 10 18 70
www.paysageequipement.fr
Fertilisants organiques, terreau.

Quatre Vaulx-Jardin
Coetfinet
BP 4 - 22130 Corseul
Tél. 02 96 82 70 71
www.vaulx-jardin.com
Amendements organiques aux algues, compost forestier et terreau, paillage naturel...

Solabiol
60 Chemin des Mouilles
69130 Écully
Tél. 04 37 64 32 00
www.solabiol.com
Large gamme d'engrais en poudre ou liquides, terreaux, mention Nature et Progrès.

TPA-Fumeterre
729 route de Trept
38890 Saint-Chef
Tél. 04 74 92 41 63
www.tpa-fumeterre.com
Fumier de bovins déshydraté et terreau de Fumeterre, mention Nature et Progrès.

Zymovert compostière
Ferme du jardin
91470 Limours en Hurepoix
Tél. 01 64 91 46 26
www.zymovert.com
Terreau de feuilles compostées, écorces de pin, livraisons vrac aux particuliers rayon de 30 kilomètres.

Mulchs et paillages

Biotero
111 chemin de Yemanville
76760 Criquetot-sur-Ouville
Tél. 09 70 35 72 83
www.biotero.fr
Écorces de pin broyées, paillettes de lin, terreau.

Landolt France
16, route d'Ungersheim
68190 Ensisheim
Tél. 03 89 35 60 60
www.landolt.com
Paillage géotextile Datex.

Magellan (déjà cité, voir Semences)
Paillettes de chanvre, feutre végétal.

Paysage Équipement (déjà cité, voir Engrais et amendements)
Écorces de pin, mulch de cacao.

Pépinières Lemonnier (déjà cité, voir Pépinières)
Dalles de paillage en fibres de bois.

Paillage-jardin.com
43, route de Neufchâtel
Le Paradis
76440 Sommery
Tél. 02 35 90 54 17
www.paillage-jardin.com
Fabricant de paillage pour les jardins.

Quatre Vaulx Jardin (déjà cité, voir Engrais et amendements)
Paillage fertilisant Fibralgo.

Reviron Tissage
34 avenue du stade
43600 Sainte-Sigolène
Tél. 04 71 66 15 54
www.reviron-tissage.com
Feutre de jute.

Traitements bio, pièges et lutte biologique

Andermatt Biocontrol AG
Stahlermatten 6
6146 Grossdietwil (Suisse)
Tél. 062 917 50 05
www.biocontrol.ch
Lutte biologique, filets anti-insectes.

Biobest
Ilse Velden 18
B-2260 Westerlo (Belgique)
Tél. 00 32 14 257 980
www.biobestgroup.com
Lutte biologique, phéromones.

Biosystèmes France
Parc d'Activités des Bellevues
B.P. 227 Eragny
95614 Cergy Pontoise Cedex
Tél. 01 34 48 99 26
www.biosystemesfrance.com
Pièges à insectes, rubans, effaroucheurs pour oiseaux...

Biotop
Passage des 4 saisons
26250 Livron-sur-Drôme
Tél. 04 75 60 09 31
www.biotop.fr
Large gamme d'auxiliaires et de phéromones, pièges à insectes.

CP Jardin (déjà cité, voir Engrais et amendements)
Large gamme distribuée en grandes surfaces et jardineries.

IF Tech
3 rue des magnolias
49130 Les-Ponts-de Cé
Tél. 02 41 72 14 27
www.iftech.fr
Lutte biologique (insectes auxiliaires), mycorhizes.

Isotronic
Suite 1404 - Tung Wai
Commercial Building
109-111 Gloucester Road
Wanchai Hong Kong
www.isotronic.com.hk
Divers appareils électroniques et parfois solaires pour éloigner les indésirables.

Magellan – Déjà cité (voir Semences)
Large gamme pour le jardinage et l'agriculture biologiques en VPC.

Neodis Agrinet
ZA Le Pâtis
10 rue Clément Ader, BP 66
78512 Rambouillet Cedex
Tél. 01 34 94 19 22
www.neodis-agrinet.com
Pièges à limaces, à guêpes, à mouches, barrière anti-rampants en Téflon. L'essentiel de la gamme n'est pas bio.

Solabiol (déjà cité, voir Engrais et amendements)
Héliosoufre, BT, fortifiant au cuivre, gamme de fertilisants bio.

Sopropêche
ZI de la trésorerie
62126 Wimille
Tél. 03 21 32 27 27
www.sopropeche.com
Tourteau de neem Nematorg et tourteau agricole de ricin.

Windhager France
2A rue de Bruxelles
67170 Bernolsheim
Tél. 03 90 64 59 79
www.windhager.eu/fr/
Protection contre les nuisibles : barrières, filets, pièges, appareils électroniques et électromagnétiques, anti-limaces non toxiques, appareils anti-taupes...

Outils et matériel

Agrijute Dumarché
Les Alouettes
71880 Châtenoy le Royal
Tél. 03 85 42 77 55
www.agrijute.com
Filets de jute ou coco pour talus.

Boite à terre (La)
ZAC Parc de Haye, 37 route Henry
54840 Bois de Haye
Tél. 03 83 23 26 72
laboiteaterre.fr
Lombricomposteur en bois.

Cecotec
Chemin des maraudeurs 6
B-4910 Theux (Belgique)
Tél. 00 32 474 25 83 81
www.cecotec.eu
Cultivateur à roue, Guerilu, sorte de grelinette, désherbeur thermique.

CMF GROUPE
BP 10 001 - Varades
44370 Loireauxence
Tél. 02 40 98 34 00
www.cmf-groupe.com
Serres maraîchères ou horticoles en verre ou plastique.

Ducoterre
Parc d'Activités du Pays des couleurs
38510 Arandon Passins
Tél. 04 74 83 00 46
www.ducoterre-jardinbio.com
Fourche à bêcher.

Émeraude ID
17 rue de Broglie
22307 Lannion Cedex
Tél. 02 96 48 40 00
www.emeraude-id.fr
Composteurs, récupérateurs d'eau de pluie : entreprise solidaire.

Fertil
38 rue de Bellevue
92100 Boulogne-Billancourt
Tél. 01 46 04 41 24
www.fertil.fr
Godets de culture en fibres végétales, en jardineries.

Gardigame
Fabrique des Gavottes
3395 rue de Franche-Comté
BP 17
39220 Bois-d'Amont
Tél. 03 84 60 90 01
www.composteur-bois.eu
Silos à compost en bois.

Grelinette (La)
95 impasse du manoir
73800 Arbin
Tél. 04 79 84 14 53
www.graines-grelin-grelinette.com
Grelinette : le premier et le plus connu des outils travaillant sans retournement.

Humifère
10 avenue Louis Chêne
79100 Saint-Jean-de-Thouars
Tél. 09 50 21 37 74
www.humifere.fr
Biobêches.

Komat
38 avenue François Mitterrand
BP 10015
59494 Petite-Forêt
Tél. 03 27 42 96 95
www.komat.fr
Serres de jardin, verre ou plastique, châssis de couche, serres de balcon, films et accessoires.

Hervé Le Gal
La Forge de Saint-Aubin
56420 Plumelec
Tél. 02 97 01 30 83
www.biobeche.net
Biobêche

Magellan (déjà cité, voir Semences)
Filets anti-insectes, cloches, cultivateur à roue, feutre végétal, bâche mare, etc.

Mougel
3 rue d'Allemagne
44300 Nantes
Tél. 02 40 68 05 00
www.mougel.fr
Tamis.

Paysage Équipement (déjà cité, voir Engrais et amendements)
Bâches pour serre, protections contre les animaux.

Saelen
3 rue Jules Verne - L'Orée du Golf
BP 17 - 59790 Ronchin
Tél. 03 20 43 24 99
www.saelen.fr
Semoir à bras, broyeurs pour compost.

Serres Crysland
Kervanal - 29370 Coray
Tél. 02 98 59 72 87
www.serre-de-jardin-crysland.com
Serres de jardin en aluminium ou verre, armatures acier galvanisé, couverture polyéthylène.

Serres dômes (Les)
ZA Les Plagnes
43450 Blesle
Tél. 09 81 85 50 42
www.serre-dome.com
Serres de jardin en polycarbonate en forme de dôme.

Terre Native
29 quai Saint-Vincent
69001 Lyon
Tél. 09 51 70 93 54
www.terrenative.com
Lombricomposteurs.

Tom Press
ZA de la Condamine
81540 Sorèze
Tél. 05 63 71 44 99
www.tompress.com
Séchoirs (déshydrateurs) électriques.

Tradex
ZA Cambrai-Sud - BP 262
Avenue Georges Nuttin
59405 Cambrai
Tél. 03 27 81 26 78
tradex.pagesperso-orange.fr
Silo à compost modulable en plastique ou en bois.

Yorg Outils
Glapigny, BP 1
74230 Thônes,
Tél. 04 50 02 05 89
Outils de jardin, notamment « jardineur », outil cumulant les fonctions de binette, de serfouette et de râteau.

Conseils, paysagistes et analyse de sols

Aurea Ardon
270 allée de la pomme de pin
45160 Ardon
Tél. 01 44 31 40 40
aurea.eu
Analyse et conseils en agro-environnemental.

Buet Environnement
ZA La Grignardais S3
22490 Pleslin-Trigavou
Tél. 02 96 39 35 75
www.buetenvironnement.com
Création jardins, taille douce, etc.

GEMAS
www.gemas.asso.fr
Réseau national de laboratoires d'analyses de sol.

Jardins de l'Albarède (Les)
L'Albarède - 24250 Saint-Cybranet
Tél. 05 53 28 38 91
www.jardins-albarede.com
Conception de jardins, paysagiste conseil.

Laboratoire agronomique de Normandie (LANO)
Quartier du Bois Ardent
23 rue A. Grandin
50008 Saint-Lô Cedex
Tél. 02 33 77 38 15
Analyses de sol

Teyssier Laboratoire
Route des Junchas - 26460 Bourdeaux
Tél. 04 75 53 31 43
www.laboratoire-teyssier.com
Analyses agronomiques et environnementales.

UMR Ecosys Inra AgroParisTech
Route de la Ferme
78850 Thiverval-Grignon
Tél. 01 30 81 55 55
www6.versailles-grignon.inra.fr/ecosys
Physicochimie et écotoxicologie des sols d'agrosystèmes contaminés.

Jardinage écologique et mares

Agru-environnement
304 avenue jean Jaurès - 69007 Lyon
Tél. 04 72 76 88 30
www.agru.fr
Bâches pour mares.

Bioplancton
Rue de Lausanne 9
1028 Préverenges (Suisse)
Tél. 00 41 21 802 33 56
www.bioplancton.ch
Produits naturels pour l'entretien des plans d'eau en VPC.

BTA Étanchéité
20 rue des Mercuriales
67450 Lampertheim
Tél. 03 88 50 00 05
BTA - Belles Terrasses d'Alsace sur Facebook
Plastiques pour mares.

Celloplast
13 route de la Révolution - Ballée
53340 Val du Maine
Tél. 02 43 64 14 14
www.celloplast.fr
Tout le matériel pour mares, jardins aquatiques, plasticulture, décoration jardin, serres, vente en jardineries.

Récupération des eaux de pluie

Aquatiris
7 rue des Artisans
35310 Bréal sous Monfort
Tél. 0 800 300 325
www.aquatiris.fr
Fabricant de « jardins d'assainissement ».

Caby
34, rue Brûlée - 59158 Thun-Saint-Amand
Tél. 03 27 26 92 15
www.caby-produits-beton.com
Fabricant de cuves en béton de 5 à 15 m³.

Citerne Verte (La)
ZI de la Boitardière - 124 rue de la Girardière
BP226 - 37402 Amboise Cedex
Tél : 02 47 25 59 10
www.la-citerne-verte.com
Citernes souples horizontales pour eau de pluie, grande capacité.

Celesto
175 bis boulevard Carnot
59420 Mouvaux
Tél. 03 20 70 03 14
www.celesto.fr
Grandes cuves en béton avec filtration pour le jardin et la maison.

Gardena
Husqvarna France
ZAC Les Barbanniers Immeuble Exposial
9 :11 Allée des Pierres Mayettes
92635 Gennevilliers Cedex
www.gardena.com
Tél. 0810 00 78 23
Collecteurs filtrants et réservoirs d'eau avec structure bois et bâche intérieure.

Graf
45 route d'Enolsheim
67120 Dachstein-Gare
Tél. 03 88 49 73 10
www.graf.fr
Cuves, citernes et bacs collecteurs, silo à compost...

Jardins et saisons
ZA Les Lats
BP 10 - 69510 Messimy
Tél. 04 78 45 42 27
www.jardinetsaisons.fr
Collecteurs et réservoirs pour l'eau de pluie, tuyaux microporeux, goutte-à-goutte en VPC.

Olivier Beton
Moervaartkaai 15
B-9042 Gent
Belgique
Tél. 00 32 93 26 95 20
www.olivierbeton.be
Grandes cuves en béton avec filtration pour le jardin et la maison.

Ozelo
Parc du Talou - 76200 Dieppe
Tél. 02 35 84 30 13
Ozelo France sur Facebook
Cuves et tous équipements de récupération de l'eau de pluie.

Animaux et basse-cour

Association Ferme
Chez Daniel Piquet
136 chemin du provençal
01480 Fareins
association-ferme.org
Fédération pour promouvoir l'élevage des races domestiques menacées.

Cab'ane
113 impasse Saint-Jean
07170 Villeneuve-de-Berg
Tél. 04 75 94 84 26
www.cab-ane.fr
Tout le matériel pour l'attelage, la randonnée et les soins aux ânes en VPC.

Chez Poulette
Christophe Pavie - 17150 Nieul-le-Virouil
levirouil.free.fr
Éleveur de poules : excellente sélection fermière de Houdan.

Compagnie du bicarbonate
« Les Linières »
25 bis boulevard de Bad Kostritz
02300 Chauny
Tél. 03 23 38 84 07
www.compagnie-bicarbonate.com
Produit naturel contre les poux rouges des poules : Bi-poux.

Eco-poules
4 rue Gillois
68600 Volgelsheim
Tél. 06 89 17 80 84
Eco-poules sur Facebook
Poulaillers en kit, matériel avicole, poules.

Entente avicole de Tercé
La ferme avicole
5 Le Pré Caillé
86800 Tercé
Tél. 05 49 56 68 23
www.ententeavicole.com
Éleveur de poules : Barbezieux, Marans, Sussex, Coucou de Rennes, Orpington, Brahma perdrix, Gâtinaise.
Farmili
59 chemin du Moulin-Carron
69570 Dardilly
Tél. 09 72 68 10 10
www.farmili.com
Vente en ligne de matériel d'élevage.

Farmline
Meyas
26400 Soyans
Tél. 04 75 76 03 90
www.farmline.fr
Vente en ligne de matériel d'élevage.

Fédération française de volailles (FFV)
2 et 3 hameau de Pierreville
55400 Gincrey
Tél. 03 29 87 15 56
volaillepoultry.pagesperso-orange.fr
La FFV assure principalement une liaison entre tous les éleveurs à travers les organisations avicoles spécialisées.

Ferme de Beaumont
Route de Beaumont
76260 Eu
Tél. 02 35 86 15 94
www.fermedebeaumont.com
Vente en ligne de matériel d'élevage.

Ferme de Manon
1270 route de Bourgoin
38460 Chozeau
Tél. 04 69 31 80 10
www.lafermedemanon.com
Animaux, matériels et accessoires pour éleveurs et particuliers (vente en ligne).

Magellan (déjà cité, voir Semences)
Produits naturels.

Vetopole 26
320 rue du Plateau d'Ambel
26300 Châteauneuf-sur-Isère
Tél. 04 75 72 71 80.
vetopole26.chezmonveto.com
Produit naturel contre les vers des poules : Fytofree.

Transformation et conservation des récoltes

Bolivia Inti Sud Soleil
8 rue Saint-Domingue
44200 Nantes
Tél. 02 51 86 04 04
www.boliviainti-sudsoleil.org
Cuiseurs solaires en plan, en kit ou montés, stages.

Max Labbe
26 rue Rémy
95430 Auvers-sur-Oise
Tél. 07 81 48 22 81
maxlabbepoteries.fr
Germoirs à céréales en terre.

Moulins d'Alma (Les)
19 avenue Georges Bert
26260 Saint-Donat-sur-L'Herbasse
Tél. 04 28 55 00 70
www.moulins-alma.com
Moulins à céréales, extracteurs de jus.

Transferme – Moulins Tyrol (Les)
39 quai de la Monnaie
71100 Châlon-sur-Saône
Tél. 09 74 56 35 49
www.transferme.fr
Moulins à céréales.

SAMAP écosystème
34 chemin de la Speck
68000 Colmar
Tél. 03 89 71 46 36
samap-eco.fr
Moulins à céréales, pétrin mécanique, aplatisseur à céréales.

SIMACO
1 ZI Saint-Éloi
57320 Bouzonville
Tél. 03 87 78 25 14
www.simaco-shop.com
Tout le matériel pour les jus de fruits, du broyage à la pasteurisation, de 30 à 1500 litres, extracteur de jus modèle familial, produits distillation.

SMEF
Z.I. Varinard
42840 Montagny
Tél. 04 77 63 05 11
www.pressoirs-a-fruits.com
Pressoir à fruits et petits fruits, broyeurs à pommes et poires.

Tom Press (déjà cité, voir Outils et matériel)
Matériel pour transformation de fruits, légumes et céréales, catalogue VPC gratuit.

DÉJÀ PARUS AUX ÉDITIONS TERRE VIVANTE

Mon fabuleux jardin en permaculture
Légumes, fruits, fleurs, petit élevage et art de vivre
Marie Chioca

19h25 ! Qu'est-ce qu'on va manger ?
80 recettes saines, faciles et rapides
Marie Chioca

Je ferais bien une soupe !
Recettes gourmandes des 4 saisons
Marie Chioca

Mes confitures, compotes, fruits séchés, sirops...
Plus de fruits, moins de sucre !
Marie Chioca et Delphine Paslin

Mon jardin m'offre l'apéro
50 recettes : verrines, tartinades, boissons, cupcakes, bouchées
Amandine Geers

Les 10 clés d'abondance au potager d'Olivier
Olivier Puech

La folle histoire des plantes – Tome 2
On se cultive sans se prendre le chou !
Sandrine Boucher et Matthieu Ferrand

Faire ses graines c'est facile !
Autonomie au potager
Association Grainaille

Les bons outils du jardinier bio
Choisir, manier, entretenir
Blaise Leclerc et Jean-Jacques Raynal

Le carnet de mon jardin
Pour tout noter, année après année... façon bullet journal... !

Encore plus de références dans l'annuaire des bonnes adresses sur notre site
www.terrevivante.org

PEFC 10-31-1510
IMPRIM'VERT®

Achevé d'imprimé en France par Corlet (Condé-en-Normandie)
N° 23050232 – Dépôt légal : août 2023.